日語學習必備叢書

中日
同步口譯
入門教室

蘇定東 編著

附MP3 CD

鴻儒堂出版社

　　在金融海嘯肆虐狂襲之下人心惶惶，深怕哪一天裁員的命運會降臨到自己身上：甚至有許多企業要求員工休無薪假或減薪以共體時艱。身處在全球性不景氣及大蕭條的時代，人人唯有自強不息，抹乾眼淚化悲憤為力量，加強自己謀生的能力，才能在下一波熱氣漩來臨時趁勢扶搖直上。無疑的具有語言專長，尤其是精湛的外語溝通能力，方能在不景氣的年代中適者生存，永保安康。

　　據聞目前國內大專院校已有高達54個系所設有日文系，且有13所大學共設有14個日本研究所，另最近國立政治大學甫成立日本研究中心，提供一全方位研究日本的學術平台。不過，為顧及學生將來的出路，幾乎每一所學校皆有開設口譯課程。然而，卻又普遍面臨合適教材難覓的窘境。尤其是適合本地使用的教材更是稀少難求，一來口譯做完即告結束，頗有用完即丟的感覺，因此要將其形諸於文字，本身已不是單純的口譯工作了。故截至目前為止，僅有極少數的口譯相關書籍問世。

　　熱愛語言工作者，口譯員不啻是一個很好的選擇。筆者在尚未出道前觀賞NHK新聞節目，尤其是當重大國際事件發生時，常可看到口譯員即時又精準的同步翻譯，好生羨慕又敬佩。後來有機會加入此一行列，看到資深前輩工作時從容不迫，游刃有餘，看似講話速度不是頂快，可卻又能跟得上講者的速度，不但可邊做同步口譯，還可邊上網注意股票行情，直呼是神乎其技（人間技ではなく、神技である）。相信許多讀者都有與筆者相同的感覺，可是等自己也加入這個行業後，才發現個人資質固然有別，每個人對語言的敏感度也不盡相同，但只要經過有系統的訓練，仍然可以達到一定的水準。

筆者從事口筆譯工作及口譯教學十數載,常感於無一套有系統的口譯入門教材,可做為有志於此的學習者參考運用。筆者不揣淺陋,願扮演拋磚引玉的角色,希望能將個人粗淺的口譯經驗歸納集結成冊,希冀能做為有志於此的同好學習及參考。

　　本書主要是針對中日同步口譯入門做一介紹,另逐步口譯的部分,敬祈參照筆者另一本拙著「中日逐步口譯入門教室」(鴻儒堂出版)。此外,本書內文相關的中日文對照示範傳譯部分,皆係筆者個人之意見及慣用的講法,其中部分譯法容或見人見智,或有不同見解及不同譯法亦說不定,敬祈口譯界的各位前輩,能不吝惠賜批評指教。

　　另外,本書為刺激讀者的學習慾望及不至於太枯燥無味起見,特於每一個章節後面摘錄所謂「名言佳句」的中日文對照翻譯,以及在部分章節後面抒發筆者個人經歷的「幕後花絮」,希望能鼓勵並提昇學習者的學習動機及興趣。

　　筆者生性呆板,個性保守,生活態度嚴謹卻又慵懶成性,本書「中日同步口譯入門教室」,得以繼「中日逐步口譯入門教室」之後順利成書,全拜鴻儒堂出版社－黃成業董事長的大力支持,以及編輯群台日籍同仁盡心盡力的從旁協助及細心的校稿,方能如期順利出版成書。當然,在書寫過程中也常浮現曾搭檔過的口譯界前輩們認真工作的神情,也非常感謝他們給予筆者個人的指導及建議。序末謹藉書面之一隅,一併表示個人由衷感謝之意。

蘇　定東　　　謹識

2010年5月于台北

第一講

漫談同步口譯的理論及技巧

首先，熱烈歡迎讀者諸君進入「中日同步口譯入門教室」的世界，本書將帶領各位讀者一窺同步口譯的堂奧。以下篇幅僅由筆者權充領航人（ナビゲーター）的角色，敬請各位女士、先生，隨我瀏覽同步口譯的沿途風光，以及細細品嚐箇中的酸甜苦辣滋味。

一、口譯員的使命

在進入實質的介紹之前，我們要先談一談口譯員的使命究竟為何？

筆者以為，口譯員的使命是協助人與人間或不同國度加深彼此的理解，建立相互尊重的基礎，進而提供願相互交流的異國人士間一個協商對談的機會。口譯員不應該僅止於追求滿足金錢上的目的或職業上的自我滿足而已，而應該自覺本身的職責與其他職業相較，需具備更崇高的責任與任務才行。尤其是國際會議，來自不同國籍的人士齊聚一堂，無口譯員的協助完全不可能成其事。

然而，口譯員並不是翻譯機。口譯員不是機械式的單純將單字轉換成另一種語言的工作。另外，口譯員亦非是站在舞台上的演員，因此靠過度誇張的演技吸引聽眾，皆非口譯員應有的工作。

口譯員應該要認知，兩造間的對話及溝通夾雜傳譯在中間，原本不是最理想的溝通模式，因兩造間如果可以用相同的語言溝通，口譯員即無用武之地。可是在全球化的社會當中，不同語言的溝通愈形重要，也正因為如此，才有口譯員發揮的空間。因此，口譯員的存在價值，就是因自己提

供的服務，可以讓世界各國不同的人士，能夠正確無誤且自由的傳達他們所要表達的理念或想法。

上面所介紹的事情雖然老生常談，但是有企圖心的學習者不妨將筆者本書中用中文書寫的部分在閱讀的同時，嘗試在腦海中將其翻譯成日文為何？進入「中日同步口譯入門教室」的讀者該清醒了，課程已經開講了，就先嘗試將上述幾段話在腦海中翻譯成日文吧！為顯示筆者的寬容，茲將上述幾段文字中，學習者可能不知道的單字羅列於後，做為讀者諸君的練習參考之用，我們下一回合再見。

1. 口譯員　　　　　通訳者

2. 職責　　　　　　責務

3. 翻譯機　　　　　翻訳機

4. 單字轉換　　　　単語を置き換える

5. 舞台　　　　　　ステージ

6. 演員　　　　　　俳優

7. 過度誇張的演技　オーバーな演技、オーバーなパフォーマンス

8. 吸引聽眾　　　　聴衆をひきつける

9. 溝通　　　　　　コミュニケーション

10. 無用武之地　　　無用、役に立たない

11. 老生常談　　　　常套語、ステレオタイプ、よく耳にする言葉

眾所皆知，口譯（Interpreting，或稱傳譯）是翻譯工作的一環。所謂「翻譯工作」，是指將甲語言要傳達的信息，用乙語言的方式表達出來的意思。一般翻譯工作大致可區分為兩大類，即「筆譯」與「口譯」。筆譯是用書面用語（書き言葉）譯出文章上意思的作法，通常筆譯工作者都是在辦公室或自家書房，由譯者埋頭苦幹翻譯出來的東西；而口譯則是用口語表達的方式譯出口語的內容，並且口譯工作是由口譯員（二至三名）親自在現場或會議室當眾所完成的工作。

　　口譯工作的進行方式，大致可分為連續（Consecutive）和同步（Simultaneous）兩種。此即，我們所熟悉的逐步口譯（逐次通訳）和同步口譯（同時通訳）。有關逐步口譯的介紹及相關訓練方法，敬請參照筆者另一本拙著「中日逐步口譯入門教室」－鴻儒堂出版。相信該書能提供讀者些許參考價值，以及幫助讀者對口譯工作建立初步的概念。礙於篇幅受限的關係，本書對逐步口譯的部分，將不特別著墨介紹，敬祈見諒。

名言佳句　日の光を借りて照る大いなる月たらんよりは、自ら光を放つ小さき灯火たれ。【森鷗外『知恵袋』より】

與其藉助日光的威力，欲成為照亮大地的月亮，倒不如成為能自行發光發亮的小小燈火。【森鷗外『知恵袋』】

一、口譯員的使命

10

● 二、何謂同步口譯？

何謂同步口譯？簡而言之，就是講者（スピーカー）不斷的發言，並由口譯員邊聽邊傳譯，講者中間並不停歇，而是由複數以上的口譯員（通常為二到三名），自行調節時間（通常為每十五分鐘）換手傳譯。換言之，同步口譯就是邊接收談話內容的資訊邊將其翻譯出來的工作，亦即インプット（input）和アウトプット（output）同時進行的工作。

同步口譯（大陸稱做同聲傳譯）又叫做「即時傳譯」，行話則簡稱「SI」（即Simultaneous interpreting的縮寫）。在大多數的情況下，同步口譯必須透過音響設備，諸如接收器（レシーバー）及耳機（イヤホン）等電子設備來進行，口譯員則在會場隔鄰的房間或在會場一隅所搭設的口譯廂（ブース）內進行傳譯工作。

同步口譯與逐步口譯相較，基本上逐步口譯的準確度較高，費用亦較低廉，且所需的設備也較少。同步口譯暨省時，同時又可譯成多種語文（リレー通訳），又能替眾多的聽眾服務。不過，一般咸認同步口譯，仍有下列諸多缺點。例如：

（一）**需要耗費相當大的人力和物力**：同步口譯至少需要一組工作同仁（二至三名）通力合作，而且要有起碼的口譯設備才行。因此，包括口譯設備的租借及口譯員的費用在內，其成本支出自然要比逐步口譯的方式來得昂貴。

（二）**優秀的口譯員不容易尋找**：口譯內容包羅萬象，上至天文地理，下

至物理化學，涵蓋內容既廣且雜，未必常有可以勝任的口譯員可以支援，且有些語言組合極難找到合適的口譯員。例如，在台灣就極難找到可以直接做英日語同步口譯的人才。因該種人才可能要具備中英日三種語言皆達母語水準的實力，才有可能勝任這樣的工作安排。

（三）準確程度較低，容易引起誤會：由於時間限制及壓縮的關係，同步口譯的口譯員不可能反覆斟酌準確的字眼來翻譯。口譯員常會譯不出原文的意思或忙中出錯，而聽者也無法即時反問譯者，並確認原文的意思。因此，截至目前為止，重要的雙邊談判或條約、協定的協商等會議，大多仍以逐步口譯的方式來進行。

（四）保密程度較低：同步口譯由於工作人員較多，機密消息也較容易走漏。雖然有些會議會事先要求口譯員簽署保密協定，但仍無法保證一定不會走漏消息。因為，同步口譯除口譯員外，尚有音控師及負責現場協調的相關工作人員，人多口雜就極難保證不會走露消息。

（五）自我成就感較低，生活又無保障：同步口譯的口譯員因是在口譯廂內工作，基本上與發言者或講者直接互動的機會較少。而且，雙邊會議或國際會議做完，大家拍拍屁股即刻走人或忙著聯誼，鮮少會注意到口譯員的存在。除非是相當有經驗的會議主持人，末了會帶上一句感謝某某及某某為我們提供精闢的同步口譯服務，才稍有一絲被尊重的感覺，要不然頗有被用完即丟的感傷。況且，同步口譯達某一境界後，在技巧方面極難再更上層樓有所突破，而且此一行業朝不保夕，若無相當實力口碑，隨時有斷炊之虞。因此，口譯員

要自我心理建設，選擇此一行業就只能當配角，必須有甘於當幕後英雄（緣の下の力持ち）的準備，且為生活計恐需培養第二專長，如閒暇時兼差當老師或兼做筆譯的工作都是不錯的安排。

然而，即便如此，由於同步口譯較方便又省時，大多數的國際會議，幾乎都是採用同步口譯的方式來進行。另外，同步口譯除我們所熟悉的聽者戴耳機聽口譯員傳譯的方式外，尚有一種不需使用口譯設備的「耳語傳譯」（ささやき通訳）的方式。辦法是由口譯員坐在聽者的兩旁，以極微小的音量，將會議的內容同時傳譯給聽者瞭解。聽者需要發言時，口譯員便以逐步口譯的方式，大聲地傳譯給其他與會人士聽，而其他人士回答或再發言時，口譯員又回復到做耳語傳譯，如此循環不息，直到會議結束為止。

耳語傳譯的好處是既有同步口譯的方便，又可以像逐步口譯一樣不必使用口譯設備，然而缺點則是只能服務一、兩位重要的聽眾，而無法像同步口譯那樣能為眾多的聽者服務。耳語傳譯大致使用在現場僅有一、兩位聽不懂該語言的外賓，而必須藉助口譯員協助的情形。諸如，成立大會或頒獎典禮邀請來的貴賓，受邀的貴賓因聽不懂該語言，必須由大會特別安排一位耳語傳譯的口譯員，坐在身旁為其做傳譯服務。

綜觀上述情形，基本上同步口譯可概分為，國際會議同步口譯（国際会議同時通訳）、多語言接力同步口譯（リレー同時通訳）、耳語傳譯（ささやき通訳）、即時新聞同步口譯（リアルタイム同時通訳）等類型。

　　口譯這個行業，可以說是人類最古老的職業之一。我們可以想像在遠古時代不同的氏族集團，因為征戰或通商而開始接觸時，眾多沒沒無聞的口譯員（古稱通譯）一定在過程中起過相當大的作用。所以像唐三藏西域取經或絲綢之路、鄭和下西洋等，在驚險的探險過程中一定曾獲得許多語言專家的從旁協助，否則絕對無法竟其功完成蓋世的創舉，使人類的文明得以發揚光大。

（一）同步口譯的源流

　　雖然口譯員很早即在人類的歷史舞台上出現，但同步口譯卻是要到二十世紀以後才出現。我們現在所熟知的口譯工作流程，也不過是晚近幾十年才固定下來的事情。因此，專業的同步口譯工作可說是新興行業，非常適合語言能力強，又喜歡接受挑戰的人士加入此一行列。

　　事實上，一直到1920年代為止，西方世界國際組織所使用的共通語言向來都是法語。直到第一次世界大戰結束後美國勢力抬頭，美語在國際場合的使用頻率越來越高，尤其是在外交談判、交涉或國際會議等場合，英、法語同時成為彼此溝通的語言，因此對口譯工作的需求才大幅增加。

　　第一次世界大戰結束後所召開的巴黎和會，可以說是口譯工作史上最重要的里程碑。因為在該次國際會議上，近代人類史上首次出現提供同步口譯的服務。據說當時的電子音響設備極為簡陋，口譯員也沒有受過專業的訓練，只當作是實驗性質的方式在進行，然而結果卻頗受到肯定與好

評，也因此才開啓了同步口譯的先河。

　　目前聯合國規定中、法、英、俄、西文為正式的會議溝通語言。不過，晚近由於中東問題受到極大矚目，因此阿拉伯文也受到高度重視，所以聯合國大會或相關的國際會議，通常都是用六種語言，以同步口譯的方式來進行。由於台灣不是聯合國的會員，因此很遺憾的我國的口譯員，無緣在聯合國相關會議裡大顯身手。附帶一提，聯合國在北京設有同步口譯的訓練學校，專門訓練培養中－英互譯的同步口譯人才，結業後並選派優秀學員赴聯合國各個專門機構，從事同步口譯的工作。

　　目前，在台灣學院派（アカデミー）中，真正設有中日口筆譯訓練課程的只有輔大翻譯學研究所。雖說如此，但設有日文系所的學校，一來為了學生將來的出路著想，二來也是流行趨勢，許多學校在大四或研究所的課程中，都有安排口譯入門的課程。不過，如果不是學校的口譯課程，一般社會人士在台灣是否有管道，可以進修中日口筆譯的相關課程？根據筆者瞭解，像是中國文化大學推廣部就設有中日口筆譯的課程，其他諸如中國生產力中心及輔仁大學推廣部亦設有中日口譯課程，提供社會人士一個進修的管道。其餘，亦有少數業界的資深口譯老師，在其個人工作室開設口譯訓練班，培訓口譯人才且口碑極佳，並廣受學生愛戴及歡迎。

　　總之，經過合格訓練的口譯員並不用憂愁找不到工作，除可選擇本業當自由口譯員（フリーランサー）外，又可到諸如外交部、外貿協會、電視台及新聞雜誌當編譯或文字翻譯、導遊等工作。在哪裡服務不重要，重點在有無學有專精，是否具有真正的實力，能否經得起考驗而已。

（二）同步口譯的市場及行情

　　一般人都極為羨慕口譯員可以拿高薪，卻不去探究其養成過程的艱辛。的確，拿單位時間的收入來講，口譯員確實是高待遇，不過卻得忍受收入來源不穩定，朝不保夕，寅吃卯糧的壓力，以及筆者前述成就感低落等問題。尤其是台灣雖有許多翻譯公司或者是國際會議公司（既提供口譯設備，也提供口譯老師，相當於日本的エージェンシ），但基本上口譯員都是屬於自由譯者（フリーランサー）較多，也就是說有工作才有收入，沒有案子（ケース）做的時候，就只能坐吃山空喝西北風，所以壓力之大可想而知。

　　因此，在台灣的口譯員要能生存下去，除了本身實力堅強外又要有公關能力，與業者或國際會議公司保持良好的人際關係或周旋能力才能時常有案子接。不然，那種等待工作上門的恐慌感，恐怕也不是朝九晚五的上班族能體會。再者，口譯員因不隸屬於某一公司，故亦無勞保或退休金。上述因素，加減乘除之後，就會發現口譯工作是非常沒有保障的工作。如果不懂得儲蓄或理財（財テク），恐怕會晚景淒涼，前途堪慮也說不定。

　　同步口譯的市場行情，自然是因口譯員本身的條件或內容的難易程度而有所差別。不過，就筆者所知，目前一般市場上同步口譯的行情，大約是每人每天（早上九點至下午五點計算）新台幣兩萬元起跳，內容稍難或超時還會酌情加價。另外，倘主辦單位要求全程錄音時，基於保護智慧財產權的原則，還會再加價25％的費用。光看數字確實會很羨慕口譯員一天賺的錢，比人家一個月的基本工資還要高。然而誠如前面所言，口譯工

作並不保證時常有案子可以接，而且僧多粥少，競爭搶食的結果就是朝不保夕，算是極為不穩定的行業。

有關目前台灣中日口譯市場的行情，前面所提到的輔大翻譯研究所曾經公布乙份行情參照表，有興趣者可自行上網查詢。不過，千萬別以為每位口譯員都可拿到等同的報酬，尤其是菜鳥（新米）口譯員，恐無法要求與資深（ベテラン）口譯員等同的報酬。

那麼，新入行的口譯員要如何才能接到案子？相信這是許多有志於此的人士最想知道的部分。誠如筆者前面所言，有實力且配合度高的口譯員與業者或公關公司、國際會議公司除要保持密切的聯繫外，又要具備高超的交際能力，要能與人為善，可以跟不同的口譯員搭檔配合（其實，此點頗為困難，因口譯界亦如同其他業界，山頭林立誰跟誰不和，有時要搭配在一起工作難如登天）。

因此，欲入此行者，筆者建議有機會的話，先從逐步口譯或商務陪同考察（エスコート通訳）、拜會之類的口譯做起，等累積一定程度的經驗後，再央求有經驗的前輩找你搭檔，從實戰經驗中去體會並掌握同步口譯的節奏及速度，慢慢累積場次經驗即可修道成佛，使自己也變成人人口中羨慕的資深口譯員。當然，初入此行時對前輩的尊重及禮貌亦不能或忘，有時人與人相處全在乎觀感。感覺良好，或許今後前輩有案子時會想到後進，會找你一同搭檔演出。有上場的機會才能真正成長，也才能真正的獨當一面。總之，不經一番寒澈骨，哪得梅花撲鼻香。新進的同志們，加油！永遠不要氣餒。

四、同步口譯的技巧及應注意事項

就翻譯的水平而言，一般咸認筆譯的準確度最高，其次是逐步口譯，最後才是同步口譯。同步口譯因為是被迫要即時翻譯出來，不但無法查看參考書或字典，連思考的時間都不足，極有可能翻譯出前文不對後題的東西出來。又同步口譯完全受講者的發言方式所左右，對於講者的講話缺點只能照單全收。而逐步口譯，即便有時講者表達方式不是很理想，經驗老道的口譯員還是有辦法將其修飾至完美無瑕。此種情形，同步口譯就做不到了，即使是能力再強的同步口譯員，頂多也只能保持講者原先講話的水平而已。

因此，在進入下一講實質演練之前，先提醒各位讀者在進行同步口譯時應注意哪些事項？以及在技巧上應留意哪些事項？先有一番心裡準備，我們才能邁大步勇往直前。現茲將做同步口譯時的應注意事項歸納如後，供各位讀者做一參考。

1. 工作時與麥克風保持一定的距離。

2. 將麥克風置於近處，小聲傳譯即可，倘大聲傳譯反而會受自己的聲音干擾。

3. 用流暢的口吻保持一定的音域發聲，並留意抑揚頓挫，盡量使講話的方式充滿蓬勃生氣。

4. 不可停滯，大概是以慢講者三、四秒鐘後，即需翻譯出來為基準。

5. 講者提到數字或國名時應立即趕上。倘國名無法立即反應過來時，可

將原文的發音直接唸出即可。

6. 當引用的數字頻繁出現時，應記筆記或請搭檔從旁協助幫忙記筆記。

7. 即使出現有自己不懂的單字或段落時亦不要慌張，不要拘泥於自己沒有聽懂的部分，而要跳過該部分免得影響下面的口譯進行。

8. 找不到適當的字眼翻譯時也不要浪費時間，應以最接近該意思的方式表達，免得影響下面發言內容的傳譯。

9. 因日語有時不聽到最後，不曉得究竟是肯定或否定？因此，口譯員不應以自己主觀的意識去判斷，而應順著講者的發言順序翻譯，等到最後弄明白才補上「我贊成」或「這是錯誤」的說明。如此或許講話不是很自然，但這也是同步口譯無可避免的情形。

10.口譯員常面臨要選擇忠於譯文，或是用較優美的詞藻翻譯的情形。就同步口譯而言，勿庸贅言，應該選擇忠於原文的翻譯。

如同前面章節的建議，將來有志於口譯工作的讀者，也可將筆者上述的條項說明，在腦海中快速的將其轉譯成日文，一來看自己能翻到什麼程度，二來也可稍稍體會同步口譯的難處究竟在哪裡。希望在這一講裡，各位讀者已經對同步口譯有一初步的認識，下一講筆者將為各位讀者介紹，同步口譯員應具備的資質條件及訓練方法。

　　國際會議或是執行口譯工作時應將手機關機，這是禮貌也是對工作的尊重。但是，筆者雖再三告誡並呼籲要遵守此一原則，可自己就曾犯過規，而且還是挺嚴重的疏失。

　　話說進總統府，包括外賓及陪見的長官都要將手機暫置保管，不可攜入總統會客室。筆者因職務關係常進入總統府，安全官亦不會每次提醒有無攜帶手機進入。因平常筆者進府都不帶手機，可是偏偏有一次因忘記將手機拿出來，不知不覺中將手機帶進總統會客室，又偏偏在總統接見外賓做傳譯時，不知是哪個傢伙剛好又打電話給我，害我差點心臟沒跳出來。還好，總統大人大量，只是向筆者微微一笑並未說什麼。筆者也只能迅速關機，尷尬的說聲對不起。真是不經一事，不長一智（一度つまずけばそれだけ利口になる）。之後，每次執行公務一定會提醒自己手機有無關機，絕不允許自己再犯第二次錯誤。

高貴な考えとともにある者は、決して孤独ではない。【byシドニー】

　　有高貴理想的人，絕不會孤獨。【雪梨】

第二講 同步口譯員應具備的條件與訓練方法

翻譯研究者及語言學家，雖然對傳譯的過程做過許多研究並提出種種假設，但迄今仍然無法解釋人腦在翻譯時運作的機制如何。或許有朝一日，科學家可以分析口譯員在傳譯時大腦神經的化學變化活動，藉以釐清為何有人可以不斷地把甲語言輸入的訊息，改用乙語言輸出的方式工作？倘有朝一日能找到大腦中語言轉換的密碼（パスワード），或許是人類科技史上的一大突破也說不定。

● 一、同步口譯的運作模式

如前所述，同步口譯就是インプット（input）和アウトプット（output）同時進行的工作。通常原文與譯文的時間差距平均是三到四秒，最多會到十秒左右，最少則是0秒甚至是負一秒。為何會出現負一秒的情形？當然這種狀況並不多見，不過也不足為奇。因為口譯員預知講者會這樣講，平日我們聽別人講話時，也常會早二、三秒猜到講者下一句話會講什麼？所以才會出現有時譯者比講者還要快的情形，這種情形就好比是口譯員是講者肚子裡的蛔蟲般（虫の知らせ），能預知即將發生的事情。

口譯界有一個座右銘，那就是「譯意莫譯詞（言葉より中身）」。口譯員並不是單純的語言翻譯機，亦不是鸚鵡學語原樣照搬，而必須是語言的精明理解者才行。亦即，口譯員做傳譯時，並不是僅就詞彙進行翻譯而已，他必須要清楚理解講者說話的真正意涵，才有辦法將意思正確無誤的傳達出去。

一、同步口譯的運作模式

一般口譯員的工作順序是接收訊息－理解訊息－輸出訊息，尤其是看資深成名的口譯員工作時不疾不徐，但卻又能跟得上且還能正確無誤的將內容傳譯出來，這簡直就是神乎其技（神技），而不是人力（人間技）可及的了。當然，相信這其中包括該口譯員先天的稟賦，以及後天不懈的努力才能辦得到。

同步口譯的過程看似瞬間即完成，其實仔細的分析，不外乎是（一）**理解**、（二）**變換**、（三）**發言**的過程。因此，有志於口譯工作者對於上述三項過程，必須經過特殊的訓練。尤其是在理解的部分更是重要，因為聽不懂講者真正要傳達的意思，則下面兩個步驟變換和發言，就無法一氣呵成順理成章的進行了。在理解講者講話的部分，筆者試歸納下列諸點，提供給學習者做為參考。

1. 話要聽清楚（はっきり聞こえること）。
2. 要精通該發言者所使用的外語（発言に用いられる外国語に精通していること）。
3. 充分理解發言者的文化背景（発言者の文化背景を理解していること）。
4. 能夠把握發言者的發音及語言運用的特徵（発言者の発音や言葉の運用方法の特徴を把握すること）。
5. 清楚該發言及討論對象的話題（発言、討論の対象となっている話題を熟知していること）。
6. 具有廣博的知識及高度的教育水準（幅広い知識と高度な教育水準を

もっていること）。

　　另外，口譯員會議前進入口譯廂，一定要先測試機器是否有故障？若麥克風或是機器的操作不甚明瞭時，一定要向工程人員問清楚，或是在會議進行當中機器故障，或者是發言者沒有對著麥克風講話時，應立即向主辦單位反映。此外，在口譯進行當中碰到重要部分，而講者講話邏輯不是很清楚沒有辦法翻譯時，也可對著麥克風說「剛才的發言聽不清楚，所以沒有辦法傳譯」，相信主辦單位聽到後，會要求發言者重講一次。凡此種種皆是做口譯工作會碰到的情形，謹提供各位讀者做一參考。

名言佳句　険しい丘に登るためには、最初はゆっくりと登ることが必要である。【byシェークスピア】

要攀登險峻的山峰，初始必須緩慢攀爬才行。【莎士比亞】

● 二、同步口譯員的資質與條件

經常有人會問，要做一位稱職的同步口譯員，究竟應該要有何種資質及具備何種條件呢？以下，僅就筆者個人之淺見，茲歸納如後：

（1）**精湛的雙語能力**：傳譯工作靠「賣聲」起家，自然要有精湛的雙語能力（母語與另一種外文，皆要達到與母語相同的水準）。然而我們也常發現，外語講的非常流利的人，不見得就能從事口譯工作。道理很簡單，平常日語說的非常流利或是在雙語環境（バイリンガル）下長大的人，那是指日常生活的表達溝通完全無障礙，可是一旦說到太陽光電產業或醫療、科技、哲學等領域，恐怕就完全派不上用場了。

傳譯工作所要求的語言掌握，不單只是講得流利自然而已，還要在工作的語言使用範圍內精準、順暢才行。將這個原理落實到同步口譯中，也就是說口譯員勿需在各種場合都中日文非常流利，但是在會議或記者會之類的場合，卻必須要聽的精準、傳譯的漂亮才行。除語言表達要流利外，傳譯工作還要求譯者在所翻譯的範圍內，語言的掌握能力要高於一般的水平。

換言之，從事同步口譯的口譯員，同時也必須是高明的演講家、播音員、辯論家，如此才能模仿講者的風度、口吻、態度、特色，傳達講者的感染力及說服力。平常我們要對一大群人清楚說明一個概念，已經是一件不容易的事情了，又要模仿該人士的方法與

個性去說明他的意念，更是難上加難的事情，而這也是為什麼一位稱職的口譯員，可以拿高報酬的原因了。

（2）**熟悉所傳譯的範圍及內容**：除掌握精湛的雙語能力外，口譯員也要熟悉所傳譯的範圍及內容。例如，事先清楚掌握會議的程序、發言順序及發言內容、講者的簡歷及論點等，否則口譯工作不可能做得順利。

　　需要用到同步口譯的會議大多是重要場合，且其所涉及的討論事宜往往極為專業，而專家們在討論時也不會是泛泛之談，一定是彼此非常熟稔的專門領域。因此，同步口譯的口譯員在工作開始之前，必須先熟記該領域的專門用語，想辦法把自己變成半個專家（半人前の専門家）才行，這樣才能游刃有餘，也才不會做瞎子摸象式的傳譯工作。我們可看到一位稱職的口譯員，經常在猛K各種不同領域的資料及論文，所以要從事這一行的朋友，必須要具備快速吸收知識，現學現賣（受け売り）的本領才行。

（3）**學識廣博**：口譯工作上至天文下至地理，古今中外無所不包，無所不含。因此，口譯員知識不夠廣博的話，即無法隨機應變，應付各種題材內容的口譯工作。更糟的是，有時甚至會誤解講者的意思而不自知。

　　口譯員必須是通才（マルチ人間），具備各種領域的基本知識。譬如，專家在介紹並比較兩種不同方法的節能省碳技術（省エネ、低炭素技術）時，口譯員本身不是能源專家（エネルギー専門家），但靠著基本常識及事前的準備功夫，臨場仔細聆聽學者專家

提出來的理由，應該可以理解他所說的內容。能夠理解內容之後，才有辦法用淺顯易懂的口吻將艱澀的理論，清楚的傳譯給在場的來賓瞭解。究其實，口譯員未必懂得專家說的對或不對，以及專家所提出的見解有沒有創意或說服力有多強？要能明白專家們想說什麼才是重點。亦即，口譯員要做到知識勿庸比得上專家，但智力水平必須要能與專家旗鼓相當才行。因此，求知慾高，天生好奇又樂於接受挑戰，知識吸收能力強，具備這種人格特質的人較適合口譯工作。

（4）**智力水平與分析、推理能力強**：如前所言，口譯員不是專才，之所以能替專家傳達訊息，不是因為他的專業知識比得上講者，主要是靠邏輯分析來理解專家的發言內容。亦即，同步口譯員是依賴推理能力，用以補足其知識能力上的不足。

在進行口譯工作時，要充分理解講者的發言內容並不是一件容易的事情。尤其是碰到過於專門或抽象的領域，或講者的口語表達能力不盡理想，或講者發言時思路紊亂，論點不知所云時，口譯員能否逢凶化吉順利過關，不致令聽者滿頭霧水，很大的一部份是要靠口譯員思路縝密，能夠有條理的從一大堆亂糟糟的訊息當中，抽絲剝繭地整理出一個頭緒來，並向聽者清楚交代口譯的內容。

（5）**演說技巧**：不論是逐步口譯或同步口譯，都會要求口譯員要口齒清晰，講話時抑揚頓挫，節奏有度。同步口譯或耳語傳譯，更是要做到講話速度快又要清楚才行。

（6）**語言模仿的天才**：稱職的口譯員，不但要把講者的談話內容精準的

譯出，還要模仿講者的語氣口吻，連他的感情態度也要能夠維妙維肖地傳達出來。若講者慷慨激昂，口譯員卻語調平淡，了無生氣的進行傳譯，即便字面上的語意毫無缺漏，也不能算是稱職的口譯員。

換言之，口譯員是不斷地在扮演講者的角色，要能夠扮人像人，扮鬼像鬼。因此，「語言演技（言語のパフォーマンス）」就成為成敗的關鍵。同步口譯雖然聽眾看不到口譯員的肢體語言和面部表情，可是口譯員要像演廣播劇一樣，一會兒扮演好人的角色，一會兒扮演壞人的角色，完全要靠聲音來演戲，要想辦法讓自己具有聲優（声優）的能耐。

另外，同步口譯的口譯員還要有講話化繁為簡，濃縮歸納的功力，既要能蜻蜓點水，看似若有若無，又要能面面俱到，該翻出來的部分都要翻出來。所以我們常可看到經驗老道的口譯員狀似輕鬆，游刃有餘，卻又能恰到好處，將講者講話的精髓和內容如實的傳譯出來。

（7）機智和敏捷的反應：同步口譯是十萬火急的工作，完全無法讓口譯員細細的思量，而必須要當機立斷。尤其是在不明瞭講者在講什麼，或是講者的速度太快跟不上時，口譯員只能靠機智、靠非凡的反應能力來渡過難關。由此可見，同步口譯的工作是一種養兵千日，用在一朝的工作。口譯員的知識、修養、造詣，完全在剎那間表露無遺。當然，口譯員不足的地方也當場暴露無遺，這種挑戰最適合有臨場表演慾望的人來擔綱。

（8）**能忍受工作上的壓力**：口譯工作在進行時，口譯員往往需要高度精
神集中，所以口譯員很容易緊張及感到身心俱疲。在各項口譯當
中，又以同步口譯最容易緊張。同步口譯的最大困難處就在於與速
度競賽，尤其是講者以飛快的速度講話或念稿時，更容易讓人處於
高度的緊張狀態。因此，往往做完一場同步口譯後整個人都會腦筋
一片空白，也難怪這個行業的職業病非常嚴重，尤其是腸胃道、心
血管的疾病等更是時有所聞，因此這個行業的從業人員「折舊率」
（消耗率）也很高。

　　然而，世上仍有許多人有條件可接受此種挑戰，並適合長期在
高壓之下工作。因此，準備投入口譯工作行列的朋友們，首先必須
要訓練自己的抗壓性才行。除能適應在高度壓力下工作外，又要能
適度排解壓力，免得變成陰陽怪氣難以接近或合作的人。

（9）**記憶力強**：不可諱言，稱職的口譯員除上述提到的諸多條件外，尚
須有驚人的記憶力，方能記住數量龐大且內容各異的各種專有名詞
或術語。因此，記憶力越強，對傳譯工作就越有利。此項工作，至
少需要短期內記憶力，要比一般人強才行。至於如何加強記憶力，
或可參照筆者在「中日逐步口譯入門教室」乙書中所介紹之方法。

（10）**極佳的雙文化素養**：要成為一位稱職的口譯員，不但要有精湛的雙
語能力，「雙文化素養」也要夠水準才行。所謂「雙文化素養」，
是指能夠透徹認識兩個不同社會的情況，尤其是兩個不同文化的差
異。前面曾提及口譯界奉為圭臬的「譯意莫譯詞」，有時照字面翻
譯會錯的離譜，只有真正瞭解其中文化意涵上的差異，才能正確無

誤的將意思傳達出來。

　　不明究理的人常會以為中日文「同文同種」，然後想當然爾的誤以為日本的思維模式與我們大同小異。筆者以為補救之道就是有機會到該語言國家實際生活一段時間，浸淫在該文化中去觀察體會，才能掌握不同文化上的差異。如果沒有機會出國體驗，從事中日口譯工作的人士，也應該多多接觸日本人或多閱讀日文書籍、電影、戲劇，留心其中涉及文化特質的事例。總之，一知半解從事口譯工作，忽視兩種文化上的差異是十分危險的事情，有時口譯工作也等同於是文化的傳播者，可以說是文化傳播大使。

(11) **要有團隊精神**：同步口譯除兩位以上的口譯員外，還有音控師及負責現場協調的工作人員。因此，為了工作能順利進行，團隊精神及合作精神就變得非常重要。例如，同步口譯在進行時，中場休息的伙伴不是完全可以放鬆，而是要幫忙隊友記數字或地名，甚或隊友不會而卡住的單字，也要能隨時從旁提供協助。在狹小的口譯廂裡，如果口譯員的彼此關係惡劣，我們很難想像會有一場高水準的表現。

　　事實上，在筆者所熟知的口譯界裡，的確有某些口譯員彼此存著芥蒂，經常王不見王，或希望看到對方出醜、鬧笑話。同組工作的口譯員應有命運共同體的體認，客戶評價做的好壞與否，是以整體的品質來論斷，而不會只看個人的表現而已。因此，口譯員在一起工作時要能以和為貴，彼此支援（持ちつ持たれつ）共同應付各種疑難雜症，這也是彼此建立默契的最好機會。

二、同步口譯員的資質與條件

（12）**要有責任感與敬業精神**：責任感是每位專業人士不可或缺的工作精神，口譯員自是不例外。

就口譯工作而言，責任感的主要範圍包括：❶不遲到早退。❷做足準備功夫。❸生活有規律，以免未開始工作前，已經疲累不堪。❹竭盡心力傳達出講者的意思，絕不馬虎苟且。❺舉止表現合乎該場合的要求。

此外，敬業精神，誠如前面所提，就是要能負責任，盡心盡力，不馬虎應付。事實上，初入口譯這個行業者很難全部具備上述條件，讀者諸君可以參考上述介紹，看看自己還欠缺什麼條件，朝這些目標去努力補齊、改善即可。

名言佳句

成功しないということは感謝すべきだ。少なくとも成功は遅く来るほどよい。そのほうが君はもっと徹底的に自分を出せるだろう。【byモロア・フランス小説家】

吾人應該感謝無法成功。至少成功越晚到來越好，如此才能充分展現自身的才華。【摩洛　法國小說家】

同步口譯接受系統性的正規訓練，是最近幾十年才普及的事情。古今中外絕大多數從事口筆譯工作的人都沒有受過正規的訓練，往往由於工作上的需要邊做邊學，從錯誤中吸取教訓（試行錯誤），成功者繼續做下去，失敗者自然淘汰。適者生存，所以能殘存下來的多是箇中翹楚。

有系統的研究翻譯教學目前還在起步階段，世界各地的翻譯研究所和各大專院校的翻譯課程，大多是按自己學校的傳統和學員的條件培訓下一代的口譯員，目前尚未有一套公認並證明特別有效的訓練方法，可以作為編寫課程或在課堂上做實驗的範本。不過，目前大多數的翻譯課程，都按照下列的程序進行訓練：

（一）**閱讀傳譯**：亦即邊看致詞稿或文章，邊將其翻譯成外文（或母語）之訓練法。有時亦會採取摘譯的方式進行，直至中譯日或日譯中皆至純熟為止。採取此種練習方式，內容自然是由淺入深較佳。

（二）**逐步口譯**：有關逐步口譯的相關訓練方法，敬請參照筆者另一本拙著「中日逐步口譯入門教室」（鴻儒堂出版社），此處不再贅述。

（三）**同步口譯**：本節將就同步口譯的訓練方式，詳加介紹。

學院派的口譯課程，大抵分成上述三種步驟來進行，當然在訓練過程中，還要配合諸如演講技巧、對各行各業的認識與專門術語的加強、記筆記的技巧、摘譯技巧等訓練。

以下，茲就同步口譯的訓練方式逐一介紹，希望能做為學習者的參考，並按照下列方式自我揣摩演練。

（一）單語同步複述練習

同步口譯最困難處就是要邊聽邊譯，即是我們前面所提到的接受訊息－理解訊息－輸出訊息同時進行的工作。簡單講「單語同步複述練習」的目的，就是要打破我們平常講話先聽後講的習慣。

此種練習的方法其實很簡單，學習者可以請朋友用母語不停的對你講話（最好是請他邊想邊講，不預先準備，不照書本或寫好的講稿唸），然後學習者跟著他用母語複述，對方不停下來等你，只是一口氣的把話一直講下去，而學習者要盡量逐字複述對方的講話。當然，此種練習法也可以利用電視、錄音機或錄影機、收音機等設備去進行，重點是如何跟得上別人說話的速度。不但要跟得上速度，而且內容還要正確，或至少在可以容忍的誤差範圍內。此種訓練法一開始可以藉助電視或DVD，因為看到畫面會比較容易進行。題材方面則可以選擇新聞節目或談話性節目、戲劇、綜藝節目、國家地理頻道等。初學者用錄影或錄音的方式進行還有一個好處，那就是可以重複練習同一段話，檢驗自己有無進步。

直到上述用母語進行的單語同步複述練習可以跟得上速度後，再用日語（或其他外語，理論皆同）以相同的方法做複述練習，直到用日語也能跟得上速度並且內容無誤為止。至此，此一階段的訓練過程才算大功告成。

（二）高速閱讀雙語傳譯練習

同步口譯，尤其是研討會之類的同步口譯，講者往往會事先準備要發表的論文，可是又沒有充分的時間照本宣科（棒読み），所以經常會出現飛快的唸論文或跳躍式的東唸一段西唸一段的情形。因此，口譯員在工

作時除要全神灌注，又要耳聽四方眼觀八方，留意講者到底講到哪裡。當然，經驗老到成竹在胸的口譯員，此種情形只是專注講者的講話內容，而不再依賴手中的資料，邊聽邊翻譯反覆的進行而已。

此一階段的具體訓練方法，學習者可藉助報章雜誌或專門期刊之類的東西，以較快的速度邊看邊將其譯成另一種語言。例如，邊閱讀中文的專門期刊邊快速的將其翻成日文，或邊看日文的社論、雜誌等文章，邊快速的將其譯成中文。此種方式的訓練目的為，隨時隨地可以不假思索，切換自如的將甲語言翻成乙語言。真正從事同步口譯工作的時候，經常會為某些單字或某些語句所困擾，而同步口譯又無時間讓口譯員仔細的去思考遣詞用句是否得體。此種訓練方式，除可提升語言表達的準確度外，又可訓練注意力的集中及掌握同步口譯的節奏感。

（三）高速數字傳譯練習

最不起眼的地方，往往也是最容易栽跟斗的地方。數字看似平淡無奇，卻是口譯工作者最容易犯錯的部分。或許是人腦結構的問題，當數字浮現時我們可能會嘗試用邏輯來理解它所代表的意義，所以才會常出錯。

具體的練習方法為，請朋友用較快的速度，下意識的唸一大串數字，而且數字的大小要有從小數點到～%、幾分之幾到上千億、上兆等各種不同類型的數字，看閣下能不能一聽到就立即的將其翻譯成另一種語言。相信等各位自己練習看看，就會發現原本不該錯、看似最簡單的數字傳譯，竟然會翻得零零落落，怎麼腦筋突然不靈光起來。此一階段的練習目的，就是希望學習者能在下意識中，自然的將數字傳譯出來。

（四）雙語轉換同步口譯練習

　　等上面幾個階段都能順利過關後，接下來就要進入同步口譯的重頭戲了。亦即，此一階段的練習就要模仿真正的同步口譯的進行方式，實際進行同步口譯的演練了。

　　一般而言，同步口譯的難度受幾個因素影響，學習者在練習時可以逐一的掌握。現茲歸納如下：

(A) 內容－練習時可由淺入深，由自己較熟的領域切入，再逐漸推廣至自己較不熟稔的領域。口譯練習應掌握由淺入深易，不要一開始就重重的打擊自己的信心，這樣會無以為繼。

(B) 速度－由慢至快，按部就班的練習。口譯絕非快就是好，上場時仍然要配合講者的速度及語氣口吻才行。但在練習時可以由較慢的速度逐漸拉快速度，此一練習的目的在於達到伸縮自如，快慢適中之境界。

(C) 自然程度－由自然談話的方式，逐漸延伸至唸講稿的方式。具體的練習法，可參考前節「高速閱讀雙語傳譯練習」的部分。

(D) 語言－可先練習由日語譯成中文，等熟練後再練習由中文譯成日語。

　　上述同步口譯的四個影響因素，具體的練習可以按照下列方式進行。

　　練習者可以藉助電視機，尤其現在家家戶戶幾乎都有裝設第四台（ケーブルテレビ），故練習者可以藉助NHK或緯來日本台等日本節目，將耳機插頭接上電視機，並將音量調小戴上耳機，邊聽邊將其譯成中文。如前所述，掌握由淺入深，先將日語譯成中文之原則，而選擇電視節目的道理在於有畫面，且內容五花八門，較能反映同步口譯的多樣性。

　　至於中文翻成日文的部分，同樣的要藉助電視節目，舉凡新聞或談話

性節目，尤其是國家地理頻道及Discovery（ディスカバリー）頻道皆是不錯的選擇。原因無它，因這兩個頻道常會介紹具深度又較專業的節目，正好符合同步口譯的需求。有志於口譯工作的朋友不妨試看看，凡事起頭難，經過上述練習後，我想學習者可以稍微體會真正在做同步口譯時是什麼樣的感覺。或許經過上述練習後，才能發現自己究竟適不適合走這一條路也說不定。

另外，筆者也常被人問起同步口譯與逐步口譯的訓練，究竟何者較難的問題？筆者以為，同步口譯的訓練比逐步口譯容易，而且效果較為明顯。善於做逐步口譯的人，只要經過有效的訓練，掌握同步口譯的訣竅及節奏感後，即可上場應戰。但是，平常只做同步口譯的人，突然要求其做逐步口譯，有時會出現適應不良的情形。因為，同步口譯的傳譯方式是要能化繁為簡，講話要盡量簡潔明瞭，而逐步口譯則要忠於講者所講的每一句話，兩者間的操作方式不盡相同。

同步口譯的訓練方法，除上述所舉的幾種方法外，筆者以為同步口譯的訓練，主要要能克服下列三種困難（ジレンマ）。

（一）邊聽邊說或邊說邊聽的生理上或身體上的困難。

（二）將發言內容立即轉換成不同結構外語的語言上的困難。

（三）技術用語、專門用語等翻譯上的困難。

上述三項困境（ジレンマ），各位讀者可以嘗試筆者在本節中所介紹的幾種練習方法去揣摩練習。尤其是借重影音方式的練習，相信讀者諸君會有意想不到的收穫。同志們，加油吧！

● 四、同步口譯的疑難雜症

　　口譯工作是一項極為緊張，需要高度集中注意力又極為專業的工作。除雙語言的水平及文化涵養要求極高以外，甚至對常會引用的歷史、文學作品、偉人名言、格言、成語片語、流行語、俚語俗語、專業常識、專業用語等領域都要能有所涉獵。口譯工作疑難雜症很多，口譯員需要保持清醒的頭腦，以及不斷學習的動力。

　　因此，口譯員要具備像政治家、外交官、新聞記者般什麼話題都知道，什麼常識都具備的能耐。最理想的口譯員，就是要使自己變成「移動的百科事典（歩く百科事典）」。實際上，要變成移動的百科事典極為困難，可是傳譯這項工作，又要求口譯員要對各種不同領域的事務抱持高度興趣及累積相當的知識。對口譯員而言，舉凡歷史、政治、經濟、地理、法律、國際貿易、國家預算，以及醫療衛生、農業、工業技術、保險、社會學等知識都是非常有用的東西。

　　同步口譯最怕的是發言者頻頻使用成語片語，或在談話中夾雜許多笑話或語帶雙關（掛け言葉、駄洒落）的發言。口譯員主要的目的就是要將講者所要傳達的訊息正確無誤的翻譯給在場聽眾瞭解，所以重點在於如何掌握字裡行間所要傳達的語意（ニュアンス）。有時並無法直譯，甚至直譯反而會讓人聽的滿頭霧水。因此，當講者在發言中頻頻使用成語時，當然這會考驗口譯員臨場腦筋的反應是否夠快。但大部分的情形是只要用淺顯易懂，意思接近的方式傳譯出來即可。更重要的是口譯員平時就要整理中日對照的成語、片語，有自己所謂的「用語寶笈」，做足功課以防萬

一。

　　此外，同步口譯還相當害怕講者講笑話或語帶雙關的講話模式。當然，富於機智的口譯員對於此類笑話或雙關語也能脫口而出，但有許多情形恐怕做不到。可是，如果口譯員用嘮嘮叨叨的方式說明（くどくど説明する），則就變成在「解說」笑話了，恐怕聽的人也笑不出來了。因此，此種與會議主題無太大關係的笑話或雙關語，口譯員倘實在翻不出來可以跳過，或者是簡單附上一句「如果將講者的笑話勉強翻譯出來的話一點都不好笑，所以從略不翻（その冗談は通訳するとまったく面白みがなくなってしまうので、訳しておりません）」。當然，講笑話的發言者，如果知道了恐怕會氣炸了也說不定。

　　所謂「如人飲水，冷暖自知」，翻譯工作上的疑難雜症五花八門，罄竹難書。除上述簡略提到的幾點外，其他像發言者講話模擬兩可，邏輯思維極難掌握，或以飛快的速度照本宣科唸講稿等情形，口譯員該如何應付化險為夷等，都有賴各位有志於此的學習者，在未來累積實戰經驗中，找出自己的因應之道。

名言佳句 チャレンジして失敗することを恐れるよりも、何もしないことを恐れろ。【本田　宗一郎】

與其害怕挑戰失敗，更應懼怕任何事都不做才對。【本田宗一郎】

四、同步口譯的疑難雜症

‥‥‥〈小小作業～ミニ宿題しゅくだい～〉‥‥‥

以下是筆者在口譯工作中真實遇到之情形，先將其摘錄如下，讀者諸君不妨嘗試翻看看，就當作是小小作業吧！

> 話說50年前，1958年金門823砲戰結束後沒有多久，海峽兩岸情勢非常的緊張。那時我人在金門服役，是少尉軍官。整個金門島有20幾萬的國軍駐守，平均年齡27歲，而且清一色的都是男生。你知道那麼多男生擠在一個小島上，又沒有其他的娛樂是會出問題的。為了解決生理上的需求，各位知道金門有所謂的軍中樂園。可是又不能明目張膽的大肆宣傳招攬客人，因此軍中樂園入口處有一對門聯非常有意思，提醒官兵不要過度縱欲，應該節省精力保家衛國。
>
> 軍中樂園入口處的門聯是這樣寫的，「金門廈門門對門，大砲小砲砲對砲」，橫批則是「單打雙不打」。

不曉得各位讀者在做口譯工作時碰到這種情形，該如何處理？不妨嘗試將其翻成日文看看，除考驗自己的急智外，也可測試自己的功力到底如何？最重要的是翻完之後，還要能讓外賓莞爾一笑才算功德圓滿。加油！有為者亦若是。

現茲將上述笑不太出來的笑話，其中關鍵字羅列如下，做為讀者諸君練習參考之用。當然，其中隱諱的字眼，恐怕還得稍加解釋外賓才聽的懂。如廈門，日文講アモイ，並不用漢字，需簡單解釋其漢字寫法、小砲這裡所指為何？看官應該清楚，限於尺度的問題就不明講了。

1. 砲戰   砲撃戦

2. 少尉   少尉

3. 清一色   一色、全部

4. 軍中樂園   軍のパラダイス、いわゆる慰安婦

5. 明目張膽的大肆宣傳招攬客人
   正々堂々と客引きするわけにはいかない

6. 一對門聯   一対の門聯

7. 不要過度縱欲   やりすぎしてはいけない

8. 節省精力保家衛國
   体力を節約して国を守るのに使わなければならない

9. 金門廈門門對門，大砲小砲砲對砲
   金門、アモイ、門と門が向き合い、大砲、小砲、砲と砲が向き合う

10. 單打雙不打   奇数日は砲撃戦をするが、偶数日は休みにする

未来は美しい夢を信じる人のためにある。【byルーズベルト】

未來，是留給相信美好夢想的人。【羅斯福】

在筆者的傳譯生涯中，碰過許多令人印象深刻的有趣事情。例如，陳水扁前總統會客時，經常會配合該當時段國內發生的重大事件，意有所指含沙影射的批評某政黨，有時常會讓擔任傳譯的筆者嚇出一身冷汗出來。比如，當年宣布高鐵延後一年通車，剛好是在接見日本外賓的場合正式宣佈，陳前總統引用當年他當台北市長時，捷運木柵線遲遲無法通車，渠對市府同仁勉勵「馬特拉不拉，我們自己拉」。記得當下，筆者還曾轉過頭調皮的以台語向陳總統問說，這句話要怎麼翻？只見在場作陪的滿朝文武人人面露微笑，頗有看你傳譯如何解決的味道。調皮歸調皮，翻還是要翻。記得筆者當時是直譯「マトラー社が引っ張ってくれなければ、自分で引っ張るしかない（當然亦可譯成：他人に頼るより自分の力で解決したほうが確実です。）」，也不曉得來賓聽得懂或聽不懂，反正就是交差了事了。

現任馬總統，個性溫良恭儉讓，是謙謙正人君子。不過，頗喜歡講冷笑話（駄洒落）。記得在宴請旅日棒球名將－王貞治監督時，由於席間有一道牛肉麵，馬總統就開始介紹他擔任台北市長期間辦了牛肉麵節大受歡迎，商家高興消費者歡迎，只有一個人不高興，你猜是誰？答案是「牛」最不高興。

另外，記得有一次日本牛尾電機的會長牛尾先生來訪，會見結束時對方很客氣的表示希望有朝一日能在東京歡迎馬總統到訪，馬總統

當場以自己的姓氏與對方的姓氏開玩笑，說如此一來就是牛頭馬面（牛頭馬頭）二次會了。看官以為筆者在說笑，事實上，總統在席間講的任何話，身為傳譯的筆者都要如實的翻譯出來。不但要翻，有時還要配合劇情，唱作俱佳的請賓客猜猜看。各位讀者，傳譯的工作是不是很好玩呀！加油，有為者亦若是。

名言
佳句
何かあることを試み、そして失敗する人間のほうが、何もしないで成功する人間よりどれだけよいか分からない。【byロイド・ジョーンズ　イギリス政治家】

當試某些事情而失敗的人，總比什麼都不做而成功的人要來得強許多。【勞哈・喬治　英國大政治家】

第三講
國際會議同步口譯
流程的模擬演練

東

經由前述兩講的說明，相信讀者諸君已經對同步口譯有些粗淺概念。接下來我們要就實際會議同步口譯進行的流程及步驟，逐一向各位讀者做介紹。

　　筆者並不想敘述太多理論的東西，只希望用淺顯易懂的方式，導引有志於口譯工作的讀者，能對口譯有初步的認識。在正式進入實質演練之前，各位讀者還要有一認知，那即是日文有各種說話語體，口譯工作時究竟要用何種語體較為妥當？恐怕有部分人士會有此疑慮。尤其是同步口譯需要與時間競賽，倘都用最高級敬語來講，恐怕速度會跟不上，那究竟要如何才好？筆者的建議是，不同的語體在各種語言都存在，不同之處只是語言的表達方法不同而已。題材不同，諸如外交、經貿、法律、醫學、產業等，盡可能模仿講者說話的語氣及口吻，倘講者是用較客氣禮貌的方式在敘述，口譯人員只得配合其口吻來傳譯。當然，日語語體較為複雜，筆者認為只要用叮嚀體（即です型、ます型來表達即可），或配合場景使用敬語來表達亦可。所以說從事口譯工作的人，在傳譯別人的話之前，本身必須是一位善於理解、分析及歸納別人說話內容的人。

一、事前準備及大會報告同步口譯的模擬演練

　　首先，在接獲同步口譯指派工作的同時，就要與主辦單位或國際會議公司，就該場次的口譯時間、地點、流程弄清楚，並且將相關資料收集齊全，事先消化吸收或查詢相關的專門術語。有時主辦單位還會要求先與口譯人員溝通，此種情形為求工作順利皆應予以配合。對自己常做的議題或

一、事前準備及大會報告同步口譯的模擬演練

許較為熟悉，但大部分的同步口譯工作內容都極為專門，所以這一個行業就是不斷的在吸收新知識，永遠不斷的在學習。挑戰雖大，卻也充滿了樂趣。當然，表現不如預期，有時也會很想撞牆。總之，事先準備功夫做得愈完善上場時就愈輕鬆。所謂好的開始，就是成功的一半，正是此意。

同步口譯因要服務多數人，大體皆是國際會議或大型研討會之類的場合才用得到。在會議開始前，一般主辦單位皆會告知哪些事項需要參加者配合，此時已正式在工作，故上述的大會報告亦要進行傳譯。因本書是以台灣為主，故將其設定是在台舉辦國際會議或研討會之類的同步口譯，所以主辦單位的發言皆以中文為主，模擬演練的部分則將其傳譯為日文。下列範例敬祈參考，並請讀者對照自己曾出席過的國際會議，是否大會開始前皆有司儀在進行所謂「大會報告」。當然，會議前或會議中、甚至會議結束時，司儀所講的話亦要進行同步口譯。

❋ ｡ ｡❊｡｡｡ ❋ ❊ ｡｡❊｡｡｡｡ ❋

【大會報告司儀開場白模擬示範】

◇ 中文原稿

各位貴賓，大家早安。本次研討會將在五分鐘後正式開始，敬請各位貴賓就座。主辦單位有提供同步口譯的服務，需要同步口譯機的貴賓，請出示有效證件向服務台領取，並請在研討會結束後歸還取回自己的證件。使用同步口譯機的貴賓，敬請將頻道設定在「1」的位置上。

另外，為大會順利進行起見，敬請各位貴賓將您的手機關機或

設定為震動模式，感謝您的配合。還有，為保持環境清潔，會場內禁止攜帶飲料入場，敬請各位貴賓不要將礦泉水或飲料攜帶進入會場。中場休息時間，主辦單位有準備咖啡和點心，敬請各位貴賓，屆時移駕到外面走道取用。

各位貴賓，我們現在要開始進行今天的國際研討會。首先讓我們以熱烈的掌聲，歡迎本次研討會的主辦單位－經濟部國貿局黃志鵬局長來為我們開幕致詞講幾句話，黃局長請上台。

◈ 日文同步口譯示範演練

（MP3 03-01）

貴賓の皆様、おはようございます。本日のシンポジウムは５分後に開始いたしますので、どうぞご着席ください。なお、主催機関は同時通訳のサービスを提供しております。必要のある方は、IDカードなどの証明書を提示して、受け付けでレシーバーを借りてください。シンポジウム終了後、レシーバーを受け付けにお返しになる際に、身分証明書などをお受け取りください。どうぞお忘れのないようお願いいたします。また、同時通訳のレシーバーをお使いの方は、どうぞチャンネル「１」に設定してください。

また、大会の進行と他の方々に迷惑を掛けないようにするため、どうぞ携帯電話の電源をお切りになるか、マナーモードに設定してくださいますようご協力よろしくお願いいたします。なお、会場使用上の規定により、飲み物などをお持ち込みになることはできませんので、ご注意ください。ブレイクの時間には主催

側にてコーヒーやデザートなどを用意してありますので、その時は、どうぞ外の廊下でご自由にお取りください。

　貴賓の皆様、それではただいまより本日の国際シンポジウムを正式に始めさせていただきます。主催機関を代表する経済部国際貿易局の黄志鵬（こう　し　ほう）局長より開会のご挨拶をお願いします。どうぞ皆様、厚い拍手でお迎えください。黄局長、どうぞステージにお上がりください。

❀ 。。❀。。° ❀ ° 。。❀ 。。° ❀

　大會報告司儀開場白的介紹，大致上皆如上述範例，當然少部分可能會依性質的不同而有所變動或調整。有志於此項工作的讀者，可藉由參加類似的研討會，多觀察司儀是如何介紹並且趁機模擬演練，看自己是否能順利的傳譯出來。

　另外，在中午上半場研討會結束時，大會司儀一般還會就相關注意事項提醒出席者注意。如同會議開始前司儀口譯般，此時口譯員仍無法休息，依舊要將司儀的講話內容，如實的傳譯出去，才能休息並用餐。

　現茲將中場休息，大會司儀的報告內容，模擬演練如下：

❀ 。。❀。。° ❀ ° 。。❀ 。。° ❀

【中場休息大會司儀報告－中文模擬演練】

◆ 中文原稿

　感謝這一個場次研討會的主席及與談人，也非常感謝現場各位貴賓的熱烈參與，相信還有許多人想請教與會的學者專家。不過，

非常抱歉，由於時間的關係，我們今天上午的研討會到此將告一段落，下午還有綜合討論的時間，屆時我們會預留更多的時間，讓現場各位貴賓能暢所欲言，好好地請教台上的學者專家們。

相信大家經過一個上午的腦力激盪肚子都已經餓了，主辦單位中午準備有盒餐，敬請各位貴賓憑早上報到時資料夾裡面的餐券到國際會議中心的三樓領取盒餐，並請在三樓用餐。

另外，下午的研討會將從一點半開始，敬請各位貴賓在一點半以前回到會場，謝謝各位的合作，我們下午見。現在敬請各位貴賓移駕到三樓用餐。謝謝。

◈ 日文同步口譯示範演練

(MP3 03-02)

セッションの座長（ざちょう）及びパネラーの方、どうもお疲れ様でした。またフロアの皆様の熱烈なご参与、どうもありがとうございました。まだ多くの方々が出席の先生方に質問がおありかと存じますが、時間の制約ということもありまして、大変申し訳ありませんが、午前中のセッションはこれをもちまして終了させていただきたいと思います。午後には総合ディスカッションの時間がありますので、その時にフロアの皆様のご質問の時間、及び専門家の諸先生方のご意見を伺う時間を充分に設けたいと思います。

午前中のブレーンストーミングを経て、皆様はさぞお腹がすいたかと思いますが、主催側にてお弁当を用意してあります。どうぞ、今朝受付でお配りした資料の中に食券が入っておりますの

で、それをお持ちになり、こちら国際会議センターの三階でお弁当とお引き替えください。またお食事は三階でお取りください。

　なお、午後のセッションは1時半から始まりますので、どうぞ1時半までに会場にお戻りくださいますよう、ご協力お願い申し上げます。それでは、また午後お会いしましょう。どうぞ、三階のほうに移動して、食事をお取りください。どうもお疲れ様でした。

❊ ○ ｡ ｡ ❄ ｡ ° ❊ ｡ ° ❊ ｡ ｡ ❄ ｡ ｡ ° ❊

　上述開會前大會司儀的中日文模擬口譯演練，各種會議場合及因司儀個人角色扮演與性格的不同，自然多少會有所出入，不過大致形式不外乎是上述演練的內容。如前所述，最好的練習方法，就是有機會多參加類似的研討會，用心觀摩司儀究竟怎麼講，以及現場的同步口譯員是否能精準的傳譯出來。不經檢驗的理論都只是空論，唯有經過實踐才是檢驗真理的最佳寫照。

名言佳句 ❊

　多忙とは怠惰者の遁辞である。今日すべきことを今日しなかったら明日は必ず多忙である。【by德富蘇峰】

忙碌只不過是懶惰者的藉口。今天應做的事沒做，明天一定會更加忙碌。【德富蘇峰】

二、會議流程及與會者簡歷同步口譯的模擬演練

　　前節，筆者已就正式會議前大會司儀的報告內容做一模擬示範演練，相信各位讀者對同步口譯的進行方式已有初步認識。事實上，大會司儀的工作就此暫告一段落，接下來的時間一般會交給每一個場次研討會的主席，由其掌控整個會議進行的流程。

　　照例每一場次的主席，除就該場次的主題發表其個人見解外，亦會對出席該場次的與談人背景及其學經歷作一簡單介紹。基本上每一位與談人的學經歷，主辦單位均會事先印製資料，所以口譯員只要按照事先拿到的資料，配合該場次主席的介紹進行同步口譯即可。當然，有不懂的學校名稱或機關名稱，或該學者相關著作的日譯文或中譯文都應該事先查好備用，免得上場時手忙腳亂。切記，一開始工作如果順暢流利，接下來的正式會議同步口譯也會比較流暢。所以說，好的開始是成功的一半（いいスタートは成功の半分を占める）。

　　下列，茲就筆者過往曾經做過的同步口譯經驗，謹提供乙則會議進行的流程做為讀者參考，並提醒學習者在做此一部份的同步口譯時應該注意的地方。

【議程範例】

日治法院檔案與跨界的法律史研究國際研討會
議程

2009年3月21日　　星期六		
09：00-09：30	報　　到	
開幕式 9：30-10：00	致　　詞	司法院賴院長英照 國立台灣大學法學院蔡院長明誠
	休　　息	（5分鐘）
第一場 10：00-11：50	【日治法院檔案資料庫之建置及其意義】	
	主 持 人	許雪姬（中研院台史所研究員兼所長）
	發 表 人	王泰升（台大法學院教授兼副院長）
	題　　目	日治法院檔案的整編與研究
	發 表 人	項潔（台大資工系教授兼數位典藏研發中心主任）
	題　　目	日治法院檔案數位典藏系統之研發與
	綜合討論	（40分鐘）
11：50-13：20	午　　餐	
第二場 13：20-15：10	【日本明治時期的法院檔案研究】	
	主 持 人	石井紫郎（東京大學名譽教授）
	發 表 人	新田一郎（東京大學法學部教授）
	題　　目	民事判決原本データベースと宮武外骨収集裁判関 係資料
	發 表 人	Susan L. Burns（芝加哥大學歷史系副教授）
	題　　目	Local Courts, National Laws, and the Problem of Patriarchy in Meiji Japan
	綜合討論	（40分鐘）

15：10–15：30	茶　敘		
第三場	【台灣日治時期的法院檔案研究】		
15：30–18：00	主　持　人	吳文星（台灣師範大學歷史系教授）	
	發　表　人	浅古弘（早稻田大學大學院法務研究科教授）	
	題　　　目	歷史分析と方法：日治時代の台湾法院記録史料	
	討　　　論	（10 分鐘）	
	發　表　人	魏凱立（台大經濟系教授）	
	題　　　目	Female Entrepreneurship in Japanese-era Taiwan: Evidence from Nippon Kangyo Bank Loans	
	討　　　論	（10分鐘）	
	發　表　人	吳豪人（輔仁大學法律系副教授）	
	題　　　目	臣民與帝國之間的「絕緣體」－日治時期的祭祀公業	
	討　　　論	（10分鐘）	
	綜合討論	（20分鐘）	

※ 現場提供華語/日語之同步口譯

❄ ° ｡｡❀｡° ❁ ° ❀｡｡° ❄

　　現以上述議程為例，謹就相關用語的日語用法整理如下，提供各位讀者參考。

　　首先是該研討會的標題－「日治法院檔案與跨界的法律史研究國際研討會」，光看到標題就一個頭兩個大，而且還必須要用同步口譯的方式進行。在後面幾講的內容裡，筆者還要提供完全不同領域的口譯內容供各位參考。總之，口譯工作五花八門，上至天文下至地理，無所不包，無所不

含，也正因為如此才充滿挑戰、才好玩。言歸正傳，現茲將上述議程的用語，以及國際會議場合上常出現的相關用語，以對照的方式呈現如下：

❄ ｡｡❀｡｡° ° ° ｡❀｡｡｡° ❄

1. 日治法院檔案與跨界的法律史研究國際研討會
   日本統治時代裁判所文書をめぐる法律史的な国際研究シンポジウム

2. 議程　　　　　　アジェンダ

3. 報到　　　　　　受け付け

4. 開幕式　　　　　開会式

5. 閉幕式　　　　　閉会式

6. 致詞　　　　　　ご挨拶

7. 主持人　　　　　司会者、座長、モデレーター

8. 引言人　　　　　プレゼンター

9. 發表人　　　　　キーノートスピーカー

10. 與談人　　　　　パネリスト

11. 評論人　　　　　コメンテーター

12. 專題演講　　　　基調講演

13. 第一場　　　　　第一セッション

14. 第二場　　　　　第二セッション

15. 第三場　　　　　第三セッション

16. 第四場	第四（だいよん）セッション
17. 題目	トピック、テーマ
18. 論壇	フォーラム
19. 研討會	シンポジウム、セミナー
20. 座談會	座談会（ざだんかい）
21. 研修會	ワークショップ
22. 午餐會報	ワーキングランチ
23. 晚餐會報	ワーキングディナー
24. 綜合討論	総合（そうごう）ディスカッション、パネラディスカッション
25. 茶敘	ブレイク、コーヒーブレイク
26. 資料庫	データベース
27. 資工系	情報工学学科（じょうほうこうがくがっか）
28. 數位典藏系統	デジタルアーカイブシステム
29. 祭祀公業	祭祀公業（さいしこうぎょう）
30. 接力傳譯	リレー通訳（つうやく）

❋ ˳°‥❋‥°˳°❋˳°‥❋°˳˳°❋

從上述議程範例，各位應該也知道有許多國際會議是同時用三種以上的語言在進行，此種狀況的同步口譯工作，可能需要有一組專做中－英互譯，以及一組專做中－日互譯的人才行。亦即，當講者（スピーカー）是

講英文時，中英互譯組的口譯人員將其翻譯成中文，中日互譯組的口譯人員再依據中英互譯組翻譯的中文，將其翻譯成日文之作法。反之亦然。亦即，當講者講日文時，中日互譯組的口譯人員將其翻譯成中文，中英互譯組的口譯人員，再根據其所翻譯的中文翻譯成英文。此種同步口譯的傳譯方式，叫做接力傳譯（リレー通訳）。台灣目前極度缺乏能將英文直接翻譯成日文，即英日互譯的人才。似乎台灣本土培養出來的日文人才，普遍英文都不怎麼靈光（苦手）的樣子。

雖然前面已介紹過大會司儀大會報告同步口譯的情形，不過在正式的國際會議場合，對發言者及每一場次的時間都有嚴格的規定，也有所謂的議事規則及注意事項。如同前節所述，大會司儀所宣布的任何事情，口譯人員皆要如實的傳譯，不能因為正式的會議還沒有開始就疏忽其存在。反正，口譯員應有一覺悟，即進了口譯廂（ブース），就必須全神貫注地努力工作。現茲摘錄乙則同步口譯進行時的議事規則及注意事項，做為各位讀者學習及參考之用。

❀　。。❀。。❀　❀　。。❀。。。❀

【議事規則及注意事項示範演練】

◆ 中文原稿

感謝各位蒞臨「日治法院檔案與跨界的法律史研究國際研討會」。為使會議進行順利，請注意配合下列事項：

一、請各位與會來賓配戴名牌；並依據名牌上的貼紙領取午餐。

二、會議開始時，請各位來賓務必記得關掉您的行動電話或將
　　其設定為震動模式，謝謝您的合作。

三、發言規則：

　　1.發言前請先報告服務單位及姓名。

　　2.綜合討論時，發言人如有書面意見，請於每一場討論結
　　　束後，將書面意見交給工作人員。

四、會場內請勿飲食，並請勿將茶點攜入會場。

五、會議進行程序：

　　1.每篇文章發表人主講30分鐘。

　　2.每一場主持人引言或簡要評論10分鐘。

　　3.自由發言時間每人3分鐘。

　　4.發表人回應時間5分鐘。

六、按鈴規則：

　　1.報告時間將屆前一分鐘，先按鈴聲一響；時間到時，續
　　　按鈴二響；超過一分鐘，再按鈴三響，之後則由主持人
　　　裁控。

　　2.自由發言時間將屆時，按鈴一聲；超過半分鐘，續按鈴
　　　二響，之後則由主持人裁控。

◉ 日文同步口譯示範演練

（MP3 03-03）

　　皆様、「日本統治時代裁判所文書をめぐる法律史的な国際研
究シンポジウム」へようこそいらっしゃいました。会議の順調な

進行のために、以下のことにつきましてご協力をお願いいたします。

一、ご出席の来賓の皆様、どうぞネームプレートをおつけください。後ほど、ネームプレートで昼のお弁当をお受け取りください。

二、会議が始まる前に、皆様必ず携帯電話の電源をお切りになるか、マナーモードに設定していただけますよう、ご協力お願い申し上げます。

三、発言のルール

1．発言なさる前に、所属機関名とお名前をおっしゃってください。

2．総合ディスカッションの時、書面によるご意見がある場合、各セッション終了ごとに書面を私どものスタッフにお渡しください。

四、会場内での飲食はご遠慮ください。また、飲み物などの会場内への持ち込みもご遠慮ください。

(MP3 03-04)

五、会議進行の流れについて

1．論文発表者は一人当たり30分とします。

2．セッションごとの座長の紹介或いはコメントは10分間とします。

3．フロアからの質問、並びにご発言は一人当たり３分間

とします。

4．発表者のフィードバックの時間は５分間とします。

六、ベル鳴らしのルールについて

1．発表時間終了の１分前に、ベルを１回鳴らします。時間終了の際、ベルを２回鳴らします。１分超過の場合、ベルを３回鳴らします。それ以上時間をオーバーした場合は、座長の判断に委ねます。

2．フロアからの質問或いはご意見を戴く際、時間が来ましたらベルを１回鳴らします。30秒オーバーしましたらベルを２回鳴らします。それ以上オーバーした場合は座長の判断に委ねます。

❀ ◦ ｡ ｡❀ ｡ ◦ ❀ ❀ ◦ ｡❀ ｡ ｡ ◦ ❀

　　至於，與會者個人的簡歷部分，真正國際研討會在進行時，每一場次的主持人都會將出席該場次的發表人及與談人，對其個人的學經歷有一番介紹。此時，口譯員只要根據事前拿到的資料，對每一場次與會人員的學經歷有一基本認識，並配合主持人的口吻進行傳譯即可。不外乎是該與會人員拿到何種學位或目前任教於何所大學，以及渠相關的著作等資訊之介紹。

　　依筆者個人的經驗，主持人對與會人員簡歷的介紹，為節省時間一般皆不會著墨太多，而口譯人員要注意的是學校名稱的讀音，或其相關著作的中日文翻譯方法。此一部份是屬於可以預先做準備的部分，只要稍加用

心不應成為口譯工作的絆腳石才對。

　　因篇幅關係，下面僅羅列2008年「新聞週刊（ニューズウィーク）」
所公布的世界大學排行榜（世界大学ランキング）前30名的中日文對照，
作為學習者參考運用。倘讀者諸君有興趣，可自行上網查詢世界前百大大
學排行榜的名單。

❀　∘∘❀∘∘❀❀∘∘❀∘∘❀

◎世界大學排行榜　前30名　中日文對照（依排名先後順序及國名羅列）◎

1. 哈佛大學（美）　　　　　　ハーバード大学（米）

2. 史丹福大學（美）　　　　　スタンフォード大学（米）

3. 耶魯大學（美）　　　　　　エール大学（米）

4. 加州理工大學（美）　　　　カリフォルニア工科大学（米）

5. 加州大學柏克萊分校（美）　カリフォルニア大学バークレー校（米）

6. 劍橋大學（英）　　　　　　ケンブリッジ大学（英）

7. 麻省理工學院（美）　　　　マサチューセッツ工科大学（米）

8. 牛津大學（英）　　　　　　オックスフォード大学（英）

9. 加州大學舊金山分校（美）　カリフォルニア大学サンフランシスコ校（米）

10. 哥倫比亞大學（美）　　　　コロンビア大学（米）

11. 密西根大學（美）　　　　　ミシガン大学（米）

12. 加州大學洛杉磯分校（美）　カリフォルニア大学ロサンゼルス校（米）

13. 賓夕法尼亞大學（美）　　　ベンシルベニア大学（米）

14. 杜克大學（美）　　　　　　デューク大学（米）

15. 普林斯頓大學（美）　　　　プリンストン大学（米）

16. 東京大學（日）　　　　　　東京大学（日本）

17. 倫敦大學皇家學院（英）　　ロンドン大学インペリアル・カレッジ（英）

18. 多倫多大學（加）　　　　　トロント大学（カナダ）

19. 康乃爾大學（美）　　　　　コーネル大学（米）

20. 芝加哥大學（美）　　　　　シカゴ大学（米）

21. 瑞士聯邦理工大學　　　　　スイス連邦工科大学チューリヒ校（スイス）
　　蘇黎世分校（瑞）

22. 華盛頓大學　　　　　　　　ワシントン大学シアトル校（米）
　　西雅圖分校（美）

23. 加州大學　　　　　　　　　カリフォルニア大学サンディエゴ校（米）
　　聖地牙哥分校（美）

24. 約翰霍普金斯大學（美）　　ジョンズ・ホプキンス大学（米）

25. 倫敦大學大學院（英）　　　ロンドン大学ユニバーシティー・カレッジ（英）

26. 瑞士聯邦理工大學　　　　　スイス連邦工科大学ローザンヌ校（スイス）
　　洛桑分校（瑞）

27. 德州大學奧斯汀分校（美）　テキサス大学オースティン校（米）

28. 威斯康辛大學
馬迪遜分校（美）
　　　　ウィスコンシン大学マディソン校（米）

29. 京都大學（日）
　　　　京都大学（日本）

30. 明尼蘇達雙子城分校（美）　　ミネソタ大学ツインシティー校（米）

名言佳句

僕の経験から言うとね、30歳までは仕事なんて何をやってもいいと思う。むしろ回り道をしたほうが自分の適性が見えてくるし、潜在的な才能が自然に頭をもたげてくる場合もある。でも30歳を過ぎたら一つの目標、方向性を決めなければダメですね。問題は仕事が楽しいかどうか。自分の仕事に価値を見出せるかどうかです。その点では作家だろうがサラリーマンだろうが関係ないんですよ。【by志茂田景樹】

從我的經驗而言，30歲以前做什麼都無所謂。勿寧說，繞一點遠路較能看出自己適合什麼？潛能也較能自然的浮現。但是，過了30歲以後，就必須訂定一個目標或決定一個方向。問題在於工作是否愉快，以及能否找到自己工作上的價值。這一點，跟是否成為作家或是上班族毫無關係。【志茂田景樹】

筆者印象當中，曾有口譯員因不熟日本學校名稱的讀音，誤把日本的「桜美林大学」，唸成「さくらびりんだいがく」，或許其餘部分做的還可以，但是明理人對口譯員的這一口誤，的確會留下極為不良的印象。甚至筆者過去曾在某一餐聚場合，親耳聽聞並目睹某大學校長，且該位校長是留日博士，但確把「読売新聞」唸成「どくばいしんぶん」。相信讀者諸君當下的反應應該與筆者差不多，在日本拿到博士學位的人，竟然連這麼普通的常識都會犯錯，可見其學位取得頗多可議之處。口譯工作是真槍實彈靠真功夫，光有學歷沒有實力是無濟於事的。

名言佳句

何を切り捨てるべきかを知ること。それを知恵という。何かを手放す必要がある時に、それを手放せるだけの明晰さと強さを持つこと。それを勇気という。知恵と勇気を持って毎日を生きていこう。そして、生活をシンプルにしていこう。【byW・ミュラー　ドイツ詩人】

知道何者當捨，此即智慧。必須放手時，能果決斷然地放手，此即勇氣。讓我們每天懷抱著智慧與勇氣過活吧！而且生活要儘量單純化。【謬勒　德國詩人】

三、大會開幕致詞同步口譯的示範演練

如同前面章節所述，國際會議大抵採用同步口譯的方式進行，一來為節省時間，二來可為大多數的人服務。但國際會議，難免一開始時仍有些禮儀性質的部分，即是大會會邀請某某政要，或某某有頭有臉的人物致詞，或是主辦單位的代表致詞，才有辦法拉開會議的序幕。

貴賓致詞，當然又可分為有稿致詞與無稿致詞兩部分。來賓照稿致詞是所有同步口譯員最歡迎的事情，然而往往多是事與願違。不過，依筆者個人的經驗，即便是事先拿到貴賓的致詞稿，也很難期待該貴賓會照稿唸，大部分都是跳著唸或一下子照稿唸，又一下子脫稿（アドリブ）演出，讓人極難捉摸。所以筆者的建議是，此種情況就不要依賴你手中的致詞稿，專心一致的聽，集中心力做好工作才是王道。

原本同步口譯做完即船過水無痕，要將其形諸於文字並記錄下來有其困難處，恐怕這也是市面上尚無法看到許多口譯書籍問世的最大原因了。既然是集結成冊，其中講者個人講話的風格或速度，我們極難透過書面文字的提供重現其原貌，只能靠讀者邊聽錄音邊發揮一下想像力。如果下列所提供的內容，遇到一位講者說話速度極快，發音又不甚清楚，或喜歡夾雜一些有的沒有的，講話邏輯不是很清楚的情況下，你當如何應付？礙於書頁限制，筆者只能提供已經修飾過，較不口語化的致詞稿來供各位練習。實際上場做的感覺（手ごたえ），相信一定會更加刺激，此點亦請學習者自行想像揣摩。

❀ ｡｡❀｡｡ ❀｡❀｡｡❀｡｡｡❀

【開幕致詞同步口譯 中→日 示範演練】

◇ 中文原稿

　　高野會長、陳會長、齋藤代表，以及台日雙方的與會嘉賓，大家早安、大家好。

　　首先非常感謝諸位參與日本「亞洲問題懇談會」與本會共同舉辦的「第11屆亞太發展論壇」。本人謹代表亞太和平研究基金會，對遠道而來的日本貴賓表示歡迎，更要特別感謝合作單位「亞洲問題懇談會」，尤其是高野會長的努力，使得本論壇的重要性日益顯著。

　　今年「亞洲問題懇談會」與本會，以「兩岸關係新情勢與台日關係」為會議主題，主要是雙方都觀察到近期兩岸關係有著新情勢的開展。日前大陸海協會會長陳雲林來台與台灣海基會董事長江丙坤舉行第二次「江陳會」。這個歷史性的關鍵時刻，為兩岸關係的未來發展，開創一個互利雙贏的基礎，但如何把雙方達成的各項協議化約成可操作的部分，仍將是兩岸執政當局共同面臨的重大課題。

　　從經濟先行的角度看，江陳會為兩岸的共同發展奠定了互利雙贏的物質基礎，但「上層建築」仍是構成雙方未來重大挑戰的部分，如締結兩岸的和平協議和建立雙方軍事互信的機制。我們認為對岸改革開放30年的成果與胡錦濤領導權力的穩固化是創造兩岸談判關係，並使之邁向制度化的重要關鍵。兩岸關係朝向和緩的方向發展，不僅符合當前東亞「區域和平」與「經濟發展」的利益，更

為台日、日中、台海兩岸的三方雙邊關係的互動奠下良好的基礎。

中華民國與日本同屬東亞重要的民主國家，雙方雖然自從1972年斷交以來便無正式外交關係。但「交流協會」和「亞東關係協會」的實質交往關係，使雙方一直維持密切的政治互動關係。就雙方經濟層面來看，當前日本是台灣的第二大貿易伙伴，而台灣則為日本的第四大貿易伙伴，雙邊2007年貿易總額高達618億美元。台日雙方在觀光方面更是密切，統計資料顯示2007年到日本觀光的台灣旅客人數為138萬人，日本人到台灣觀光人數則為116萬人。但與當前兩岸以經濟為主的交流的差異，在於雙方人民皆認知到台日間存在一種全面性交往的「特別伙伴關係」。

日前聯合號撞船事件所引發的釣魚台爭議，外界本以為台日關係會因此受到影響，但事實不然。雙方關係雖有波折，但雙方秉持冷靜和平的處理方針，儘管過程起伏，但最後結果相當圓滿。雙方透過此事件的處理，更突顯出雙邊歷史、文化、經濟與安全各個層面的關係密切，因此推動落實「台日特別伙伴關係」的內涵，更需要台日雙方共同努力。

我們期望透過亞太發展論壇所架構起的多層次、多管道的溝通渠道，能使雙方在民主伙伴關係的基礎上，建構出雙贏的台日關係。當前兩岸關係的發展非但不影響台日關係，反而強化台日開創雙邊關係新體制的契機與動力。我們由衷期盼台日雙方能透過協商與合作，在兩岸關係發展的新情勢下，進一步落實雙方在經濟、文化與航線上的具體建議，使雙方在全球化與區域整合的趨勢下，共

同為東亞區域秩序的建構做出重大的貢獻。

　　本會秉持「和平發展、宏觀視野、政策導向」的運作方針，期望能發揮民間智庫的功能，交流台日民間的看法。此次會議的召開，承蒙各界的支持，我在此表示由衷的感謝。最後，再次感謝各位貴賓與會，並預祝大會圓滿成功，各位來賓、各位女士先生，身體健康，萬事如意，謝謝。

◈ 日文同步口譯示範演練

(MP3 03-05)

　　高野会長、陳会長、斉藤代表、並びに台日双方ご列席の貴賓の皆様、おはようございます。

　　まず最初に、日本「アジア問題懇談会」と当基金会が共催する「第11回アジア太平洋発展フォーラム」にご出席いただきましたことに、厚くお礼申し上げます。アジア太平洋和平研究基金会を代表しまして、遠路日本からお越しくださった貴賓の皆様に歓迎の意を表します。また、私どもの協力パートナーである「アジア問題懇談会」、特に高野会長のご尽力のもと、当フォーラムの重要性が日増しに増えてきたことに重ねて感謝の意を表する次第であります。

　　今年「アジア問題懇談会」と当基金会が「両岸関係の新情勢と台日関係」をアジェンダに設定しましたのは、主に双方が最近の両岸関係に新しい展開があったことを見て取ったことによります。先日、大陸の海峡両岸関係協会の陳雲林会長が来台し、台湾

の海峡交流基金会の江丙坤理事長との間で二度目のトップ会談が
行われました。この歴史的な鍵となる時期にあたり、両岸関係の
これからの発展のために、互恵かつウィンウィンの基礎が築かれ
ました。しかし、双方によって達成された各項目の協議をいかに
して実践できるものに変えていくかは、依然として両岸当局がと
もに直面している重大な課題です。

(MP3 03-06)

　経済先行の角度から見れば、両協会のトップ会談は両岸の共
同発展のために互恵かつウィンウィンという物質的な基礎を築き
上げてきたといえますが、「上層部の建築」は依然として両岸が
これから直面するであろう重大なチャレンジだと思います。例え
ば、和平協議の締結と双方の軍事相互信頼メカニズムの構築など
が挙げられます。対岸の改革開放30年間にあげた成果と胡錦濤
氏の権力基盤の安定は、両岸協議を制度化に向けてまい進させた
最大の原因であると我々は考えています。両岸関係が緩和の方向
に向けて発展していることは、現時点東アジアの「地域平和」と
「経済発展」の利益に合致するものであるというだけでなく、台
日、日中、海峡両岸、いわゆる三者のバイ関係に良好な相互連動
の基礎を築いてくれたものでもあります。

　中華民国と日本はともに東アジアの重要な民主主義国家であ
り、双方は1972年に断交して以来、正式な外交関係こそないも
のの、「交流協会」と「亜東関係協会」の枠組みを通じて、密接

な政治的相互連動の関係を維持してきました。双方の経済面から見れば、現在、日本は台湾にとって第二位の貿易パートナーであり、一方、台湾は日本にとって第四位の貿易パートナーであります。2007年の相互貿易高は618億ドルに上りました。また、台日双方の観光交流はもっと密接です。統計資料によりますと、2007年日本を訪れた台湾人観光客は138万人に上り、一方、台湾を訪れた日本人観光客は116万人に上りました。しかしながら、現在海峡両岸の経済を主とする交流パターンと違うのは、台日間には全面的に交流する「特別パートナーシップ」の関係が存在するということを双方の国民がともに認識している点にあります。

（MP3 03-07）

先日の聯合号の衝突沈没事件によってもたらされた魚釣り島（うおつりじま）（日本名尖閣諸島（せんかくしょとう））をめぐる争議について、一部の方は台日関係がこれによって影響されるのではないかと心配していましたが、実はそうではありませんでした。双方の関係に多少の波が立ったとはいえ、双方が冷静かつ平和的に処理するという方針に基づいて、そのプロセスには多少の起伏があったかもしれませんが、一つ一つクリアして最終的には円満な結果を得ることができました。この事件の処理を通じて、さらにお互いの歴史、文化、経済と安全保障などの分野における関係の緊密さがクローズアップされる結果となりました。このことから、「台日特別パートナーシ

ップ」の中身をより確実なものへと推進するためには、台日共同の更なる努力が必要であるということができます。

　我々はアジア太平洋発展フォーラムによって構築された多元的かつ多チャンネルのコミュニケーションパイプを通じて、双方の民主主義的パートナーシップの基礎の上において、ウィンウィンの台日関係を構築できるよう期待しています。現在、両岸関係の発展は台日関係に影響していないどころか、逆に台日の二国間関係を強化し、新体制を作る契機の原動力となっています。我々は台日双方が協議と連携を通じて、両岸関係の発展という新情勢の下、さらに一歩進んで双方の経済、文化と航空路線における具体的な提言を確実に推進すること、そしてグローバル化と地域統合の趨勢の下において、双方が共同して東アジア秩序の構築のために大きな貢献ができるよう取り組んでいけることを望んでいます。

（MP3 03-08）

　当基金会は「平和発展、マクロ的視野、政策動向」を運営の方針にして、民間シンクタンクの役割を果たし、台日民間の意見交流をさらに深めていきたいと望んでいます。この度のシンポジウムの開催にあたり、各界よりご支持をいただきました。この場をお借りしまして、心から感謝の意を表します。最後になりますが、改めて貴賓の皆様のご参加に感謝するとともに、この度の大会の成功、並びにご列席の皆様のご健勝、ご多幸を祈念しまし

て、私の開会の挨拶と代えさせていただきます。どうもありがと
うございました。

❋ ⦿⦿❊⦿⦿⦿ ❋ ⦿❋ ⦿⦿❊ ⦿⦿⦿ ❋

【開幕致詞 日→中 同步口譯示範演練】

◈ 日文原稿

（MP3 03-09）

おはようございます。

第11回「アジア太平洋発展フォーラム」の開催にあたり、一言
ご挨拶申し上げます。

今年の研究会の主題は「両岸関係の新情勢と台日関係」となっ
ています。この議題決定と会議の開催に多大のご配慮をいただい
た「アジア太平洋平和研究基金会」の趙春山董事長ほか、スタッ
フの諸先生に深く感謝いたします。また、亜東関係協会の陳鴻基
会長、交流協会の齋藤正樹台北事務所代表にご臨席いただき、ま
ことにありがとうございます。

さらに幸いなことに海峡交流基金会の江丙坤董事長に基調講演
をいただくことになっております。この研究会にとってまたとな
い貴重な講演であると信じています。ありがとうございます。

さて、ご承知のように、現在、世界は米国のバブル崩壊を契機
として「百年に一度」といわれる深刻な経済危機に見舞われてい
ます。相対的に影響が少ないと見られていたアジア地域でも不況

の影が濃くなってきています。特にウォン通貨の急落に見舞われ
ている韓国では日中韓で作られているスワップ協定に基づいた救
済を余儀なくされるほどです。国によって方策に違いはあれ、各
国政府は危機克服への懸命の努力をしています。

(MP3 03-10)

　この厳しい環境の中で中華民国台湾では馬英九総統が誕生、新
政策を展開しつつあります。中でも特筆すべき政策は、両岸関係
について新たな展望を与えていると見なされています。

　両岸関係の新情勢とその影響などについては、今日の研究会で
深く討議されるでしょう。

　ここでは次の二点に触れるだけに止（とど）めたいと思います。

　第一点は、これまで長く続いた両岸関係の緊張と対立という構
図が、緊張緩和と交流円滑化という図式に塗り替えられる可能性
です。すでに拡大三通が具体的に動き始めたと聞いています。両
岸関係に平和が訪れることは日台中関係やアジア諸国にとっても
好ましい環境が生まれ、経済発展の原動力の一つになると期待さ
れています。

　しかし第二に、日台関係に一つの課題を投げかけてもいます。
日本においては、これまで国民党は中国寄りというイメージを抱
かれていたと思います。馬英九政権の新政策で台湾はさらに中国
との接近が図られるのではないかという懸念が生じていました。
従来培われた日台の良好、密接な関係が稀薄化するのではないか

という心配もありました。

（MP3 03-11）

　新政権は、日台関係は依然として従来にも増して重要であると表明し、日本人の持つ懸念の一掃に努力されております。

　日本の懸念の解消のためには、中国の軍備拡大の目的、規模、内容が明示される必要があると思います。この点でも新しい中台関係の展開に期待が寄せられています。

　日台関係は、このような懸念と期待を抱かせながら、しかし従来にも増して密度の濃い特別な関係として発展しなければならないし、そうなるはずであると信じています。そのための努力を惜しんではならないと思います。

　以上、簡単ではありますが、挨拶に代えたいと思います。謝謝！

◆ 中文同步口譯示範演練

　各位貴賓，大家早安。

　時逢第十一屆「亞太發展論壇」開幕典禮之際，個人謹簡單致詞。

　今年研討會的主題訂為「兩岸關係的新情勢與台日關係」。個人要由衷感謝在決定本次議題及在本次研討會的舉辦上，竭盡心力安排的「亞太和平發展研究基金會」－趙春山董事長，以及諸位先進的辛勞。另外，渥蒙亞東關係協會－陳鴻基會長，以及交流協會台北事務所－齋藤正樹代表的蒞臨，個人也要一併表示感謝之意。

此外，非常榮幸的，稍後我們要恭請海基會江丙坤董事長來為我們做專題演講。相信這對本次研討會而言是極為難得的演講，個人也要對江董事長表示感謝。

眾所周知，目前世界因美國泡沫經濟崩潰，正面臨「百年一見」極為嚴重的經濟危機。相對的一般認為較少受到衝擊的亞洲地區，現在也正遭逢不景氣。尤其是在韓圜暴跌的韓國，不得不在日中韓簽訂的貨幣交換協定架構下請求援助。雖然不同的國家採取因應的措施不盡相同，但各國政府都戮力於克服危機。

在此嚴峻的環境下，中華民國台灣馬英九政府上台，並展開各項新政策。其中，最值得大書特書的是有關兩岸政策的部分，給予人耳目一新的展望及新期待。

有關兩岸關係的新情勢及影響，相信今天的研討會將有深入的討論。

在此，個人僅提出下列兩點，權充拋磚引玉，就教於各位先進。

第一，過往長期持續的兩岸緊張及對立關係的模式，極有可能為緊張舒緩及交流順暢等形式所取代。個人也聽說大三通已具體的付諸行動了。兩岸關係帶來和平，不僅對日中台的關係發展，甚至對亞洲其他國家而言，都是大家所共同樂見的事情，並且期待其能成為經濟發展的動力。

但是，第二，此亦為日台關係的發展留下一個變數。截至目前為止，日本對國民黨仍抱有其向中國傾斜的印象。馬英九政府所推

動的新政策，的確會讓人擔憂台灣是否會加速向中國傾斜？亦令人擔心日台傳統的友好緊密關係，是否會逐漸稀釋淡化？

所幸，馬政府已表明日台關係將比以前更加重要緊密，並且努力掃除日本的上述疑慮。

為消除日本的上述疑慮，個人認為中國實有必要將其擴張軍備的目的、規模及相關的內容公開。關於此點，也期待新的中台關係能有所開展並扮演重要的角色。

日台關係，有上述的疑慮及期待，但又必須更甚於以往建立更緊密的特別伙伴關係，個人也相信最終將會朝該方向去發展。因此，我們不能吝惜付出，大家都要齊心共同努力才行。

以上，簡單幾點，權充個人的開幕致詞。謝謝各位。

❀ ○ ｡｡❀ ｡｡○ ❀ ｡ ❀ ｡｡❀ ｡｡｡○ ❀

【解析】

在這一單節，筆者共提供兩則開幕致詞同步口譯的示範演練稿，剛好兩則皆是同一國際研討會主辦單位的致詞稿，而且記得當時講者幾乎是照稿唸。當然，這種狀況是同步口譯員求之不得的情形。不過，在筆者的實務經驗當中，鮮少有照稿子唸的，大多是跳著唸或脫稿演出，甚至是臨場發揮完全沒有稿子的情形較多。

無論如何，傳譯並不是鸚鵡學語，只是文字的搬家而已。如前所述，傳譯有時是需要「得意忘形」，不受字面上文字的拘束，重點在於能將真正的意涵傳達出來。尤其是任何語言表達（無論中文或日文）潛藏在文字

上的意思，都有語意不清，曖昧不明的地方。因此，有時口譯人員要適時的將其語意填滿或稍加修飾，才能正確無誤的將意思傳達出去。另外，在做同步口譯時除要求口齒清晰，配合講者的情緒口吻在聲音作變化外，更要儘量用淺顯易懂（耳<ruby>耳<rt>みみ</rt></ruby>に<ruby>優<rt>やさ</rt></ruby>しい<ruby>言葉<rt>ことば</rt></ruby>）的方式來進行。

　　上述兩則致詞稿，無論是中到日或日到中，有少許部分是無法照原稿直譯，是需要稍做修飾又不會破壞原文意思的方式來進行。微妙差異處，敬請讀者仔細比對原文與譯文，當可發現其中不同及奧妙處。尤以，日到中之部分，因日文點到為止的語文特性，往往在傳譯的時候需要稍加演繹，才能用較清楚的語意及邏輯轉換成中文，而無法只是翻譯其表象的文字而已。

　　現茲將上述兩則致詞稿的關鍵用語，整理如下，敬祈參考：

◎ 共同舉辦　　　<ruby>共催<rt>きょうさい</rt></ruby>する

◎ 遠道而來　　　<ruby>遠路<rt>えんろ</rt></ruby>よりお<ruby>越<rt>こ</rt></ruby>しくださり

◎ 合作單位　　　<ruby>協力機関<rt>きょうりょくきかん</rt></ruby>、<ruby>協力<rt>きょうりょく</rt></ruby>パートナー

◎ 海協會　　　　<ruby>海峡両岸関係協会<rt>かいきょうりょうがんかんけいきょうかい</rt></ruby>

◎ 海基會　　　　<ruby>海峡交流基金会<rt>かいきょうこうりゅうききんかい</rt></ruby>

◎ 第二次「江陳會」　<ruby>二度目<rt>にどめ</rt></ruby>の<ruby>両協会<rt>りょうきょうかい</rt></ruby>のトップ<ruby>会談<rt>かいだん</rt></ruby>

◎ 歷史性的關鍵時刻　<ruby>歴史的<rt>れきしてき</rt></ruby>な<ruby>鍵<rt>かぎ</rt></ruby>となる<ruby>時<rt>とき</rt></ruby>

◎ 互利雙贏　　　<ruby>互恵<rt>ごけい</rt></ruby>かつウィンウィン

◎ 化約成可操作的部分　　　実践できる部分に変えていく

◎ 挑戰　　　挑戦、チャレンジ

◎ 建立軍事互信機制　　　軍事相互信頼メカニズムを構築する

◎ 符合　　　合致、〜と一致する

◎ 雙邊關係　　　二国間関係、バイ関係

◎ 多邊關係　　　多国間関係

◎ 互動　　　相互連動

◎ 貿易伙伴　　　貿易パートナー

◎ 特別伙伴關係　　　特別パートナーシップ

◎ 撞船事件　　　衝突沈没事件

◎ 釣魚台爭議　　　魚釣り島（尖閣諸島）をめぐる争議

◎ 波折　　　波

◎ 突顯　　　浮き彫り、クローズアップ

◎ 多層次、多管道　　　多元的、多チャンネル

◎ 溝通渠道　　　コミュニケーションチャンネル

◎ 雙贏　　　ウィンウィン

◎ 全球化　　　グローバル化

◎ 區域整合　　　地域統合

◎ 宏觀視野　　　マクロ的視野

◎ 智庫 　　　　　　　　シンクタンク

◎ 細心的安排、周到的安排 　多大のご配慮をいただく

◎ 專題演講 　　　　　　基調講演

◎ 泡沫經濟崩潰 　　　　バブル崩壊

◎ 貨幣交換協定 　　　　スワップ協定

◎ 緊張舒緩、降低緊張 　　緊張緩和

◎ 交流順暢、交流便捷化 　交流円滑化

◎ 擔心、憂慮、疑慮 　　　懸念

◎ 稀釋、淡化 　　　　　稀薄化

名言佳句

本当に国際的というのは、自分の国を、或いは自分自身を知ることであり、外国語が巧くなることでも、外人の真似をすることでもないのである。【by白州正子】

真正的國際化是瞭解自己的國家或自己本身，而非外語精湛或模仿外國人的舉止而已。【白州正子】

國際研討會的進行模式,按上述章節的流程介紹,我們終於要進入重頭戲,也就是專題演講的同步口譯部分了。做專題演講時,口譯員該注意哪些事項,以及應該如何準備?

筆者曾經參與過的同步口譯場合,在會議流程的安排上幾乎都會邀請該領域的權威或知名人士進行專題演講。專題演講雖尚未進入真正的研討會,但卻是國際研討會等大型國際會議非常重要的一環。所以,口譯員一知道何人進行何種主題的專題演講後,一定要不厭其煩的跟主辦單位要資料。有時主辦單位會想已經請你擔任同步口譯的工作了,你就屆時聽什麼翻什麼臨場應變就是了,或是進行專題演講的人太大咖(大物^{おおもの}),主辦單位不敢跟他催稿或跟他要資料。此時,口譯員千萬不能氣餒,一定要發揮纏功直到要到資料為止,並且讓主辦單位知道,這無非是要將工作做好而不是故意找麻煩,不然屆時吃苦頭及丟臉的就是自己了。

工欲利其事,必先利其器(事をよくするためには、まずその道具^{どうぐ}をよくしなければならない)。況且,口譯員也是人,並非神仙。凡事有充足的準備,就能將風險降到最低點。下列,僅就專題演講試舉乙例,作為學習者示範演練之用。

❆ ⋅∘.❀.∘ ❈.❅.∘.❀.∘∘ ❆

【2008年總統就職演說原稿 中→日 同步口譯】

◈ 中文原稿

各位友邦元首、各位貴賓、各位僑胞、各位鄉親父老、各位電

視機前與網路上的朋友，大家早安，大家好！

一、二次政黨輪替的歷史意義

今年三月二十二日中華民國總統選舉，台灣人民投下了改變台灣未來的一票。今天，我們在這裡不是慶祝政黨或個人的勝利，而是一起見證，台灣的民主已經跨越了一個歷史性的里程碑。

我們的民主走過了一段顛簸的道路，現在終於有機會邁向成熟的坦途。在過去這一段波折的歲月裡，人民對政府的信賴跌到谷底，政治操作扭曲了社會的核心價值，人民失去了經濟安全感，台灣的國際支持也受到空前的折損。值得慶幸的是，跟很多年輕的民主國家相比，我們民主成長的陣痛期並不算長，台灣人民卻能展現日趨成熟的民主風範，在關鍵時刻，作出明確的抉擇：人民選擇政治清廉、經濟開放、族群和諧、兩岸和平與迎向未來。

尤其重要的是，台灣人民一同找回了善良、正直、勤奮、誠信、包容、進取這些傳統的核心價值。這一段不平凡的民主成長經驗，讓我們獲得了「台灣是亞洲和世界民主的燈塔」的讚譽，值得所有台灣人引以為傲。顯然，中華民國已經成為一個受國際社會尊敬的民主國家。

不過，我們不會以此自滿。我們要進一步追求民主品質的提升與民主內涵的充實，讓台灣大步邁向「優質的民主」：在憲政主義的原則下，人權獲得保障、法治得到貫徹、司法獨立而公正、公民社會得以蓬勃發展。台灣的民主將不會再有非法監聽、選擇性辦案、以及政治干預媒體或選務機關的現象。這是我們共同的願景，

也是我們下一階段民主改革的目標。

在開票當天，全球有數億的華人透過電視與網路的直播，密切關注選舉的結果。因為台灣是全球唯一在中華文化土壤中，順利完成二次政黨輪替的民主範例，是全球華人寄以厚望的政治實驗。如果這個政治實驗能夠成功，我們將為全球華人的民主發展作出史無前例的貢獻，這是我們無法推卸的歷史責任。

二、新時代的任務

未來新政府最緊迫的任務，就是帶領台灣勇敢地迎接全球化帶來的挑戰。當前全球經濟正處於巨變之中，新興國家迅速崛起，我們必須快速提升台灣的國際競爭力，挽回過去流失的機會。當前全球經濟環境的不穩定，將是我們振興經濟必須克服的困難。但是，我們深信，只要我們的戰略正確、決心堅定，我們一定能達成我們的預定目標。

台灣是一個海島，開放則興盛、閉鎖則衰敗，這是歷史的鐵律。所以我們要堅持開放、大幅鬆綁、釋放民間的活力、發揮台灣的優勢；我們要引導企業立足台灣、聯結亞太、佈局全球；我們要協助勞工適應快速的科技變遷與產業調整；我們還要用心培育我們的下一代，讓他們具有健全人格、公民素養、國際視野與終身學習的能力，同時要排除各種意識型態對教育的不當干擾。我們在回應全球化挑戰的同時，一定要維護弱勢群體的基本保障與發展的機會，也一定要兼顧台灣與全球生態環境的永續經營。

新政府另外一項重要任務就是導正政治風氣，恢復人民對政府

的信賴。我們將共同努力創造一個尊重人性、崇尚理性、保障多元、和解共生的環境。我們將促進族群以及新舊移民間的和諧，倡導政黨良性競爭，並充分尊重媒體的監督與新聞自由。

新政府將樹立廉能政治的新典範，嚴格要求官員的清廉與效能，並重建政商互動規範，防範金權政治的污染。我希望每一位行使公權力的公僕，都要牢牢記住「權力使人腐化，絕對的權力使人絕對的腐化」這一句著名的警語。我們將身體力行誠信政治，實踐國民黨「完全執政、完全負責」的政見。新政府所有的施政都要從全民福祉的高度出發，超越黨派利益，貫徹行政中立。我們要讓政府不再是拖累社會進步的絆腳石，而是領導台灣進步的發動機。

我堅信，中華民國總統最神聖的職責就是守護憲法。在一個年輕的民主國家，遵憲與行憲比修憲更重要。身為總統，我的首要任務就是樹立憲法的權威與彰顯守憲的價值。我一定會以身作則，嚴守憲政分際，真正落實權責相符的憲政體制。我們一定要做到：政府全面依法行政，行政院依法對立法院負責，司法機關落實法治人權，考試院健全文官體制，監察院糾彈違法失職。現在是我們建立優良憲政傳統的最好機會，我們一定要牢牢把握。

我們要讓台灣成為國際社會中受人敬重的成員。我們將以「尊嚴、自主、務實、靈活」作為處理對外關係與爭取國際空間的指導原則。中華民國將善盡她國際公民的責任，在維護自由經濟秩序、禁止核子擴散、防制全球暖化、遏阻恐怖活動、以及加強人道援助等全球議題上，承擔我們應負的責任。我們要積極參與亞太區域合

作，進一步加強與主要貿易夥伴的經貿關係，全面融入東亞經濟整合，並對東亞的和平與繁榮做出積極貢獻。

我們要強化與美國這一位安全盟友及貿易夥伴的合作關係；我們也要珍惜邦交國的情誼，信守相互的承諾；我們更要與所有理念相通的國家和衷共濟，擴大合作。我們有防衛台灣安全的決心，將編列合理的國防預算，並採購必要的防衛性武器，以打造一支堅實的國防勁旅。追求兩岸和平與維持區域穩定，是我們不變的目標。台灣未來一定要成為和平的締造者，讓國際社會刮目相看。

英九由衷的盼望，海峽兩岸能抓住當前難得的歷史機遇，從今天開始，共同開啓和平共榮的歷史新頁。我們將以最符合台灣主流民意的「不統、不獨、不武」的理念，在中華民國憲法架構下，維持台灣海峽的現狀。一九九二年，兩岸曾經達成「一中各表」的共識，隨後並完成多次協商，促成兩岸關係順利的發展。英九在此重申，我們今後將繼續在「九二共識」的基礎上，儘早恢復協商，並秉持四月十二日在博鰲論壇中提出的「正視現實，開創未來；擱置爭議，追求雙贏」，尋求共同利益的平衡點。兩岸走向雙贏的起點，是經貿往來與文化交流的全面正常化，我們已經做好協商的準備。希望七月即將開始的週末包機直航與大陸觀光客來台，能讓兩岸關係跨入一個嶄新的時代。

未來我們也將與大陸就台灣空間與兩岸和平協議進行協商。台灣要安全、要繁榮、更要尊嚴！唯有台灣在國際上不被孤立，兩岸關係才能夠向前發展。我們注意到胡錦濤先生最近三次有關兩

岸關係的談話，分別是三月二十六日與美國布希總統談到「九二共識」、四月十二日在博鰲論壇提出「四個繼續」、以及四月二十九日主張兩岸要「建立互信、擱置爭議、求同存異、共創雙贏」，這些觀點都與我方的理念相當的一致。因此，英九願意在此誠懇的呼籲：兩岸不論在台灣海峽或國際社會，都應該和解休兵，並在國際組織及活動中相互協助、彼此尊重。兩岸人民同屬中華民族，本應各盡所能，齊頭並進，共同貢獻國際社會，而非惡性競爭、虛耗資源。我深信，以世界之大，中華民族智慧之高，台灣與大陸一定可以找到和平共榮之道。

英九堅信，兩岸問題最終解決的關鍵不在主權爭議，而在生活方式與核心價值。我們真誠關心大陸十三億同胞的福祉，由衷盼望中國大陸能繼續走向自由、民主與均富的大道，為兩岸關係的長遠和平發展，創造雙贏的歷史條件。

最近四川發生大地震，災情十分的慘重，台灣人民不分黨派，都表達由衷的關切，並願意提供即時的援助，希望救災工作順利，災民安置與災區重建早日完成。

三、台灣的傳承與願景

從宣誓就職的這一刻開始，英九深知個人已經肩負二千三百萬人民的付託，這是我一生最光榮的職務，也是我一生最重大的責任。英九雖然不是在台灣出生，但台灣是我成長的故鄉，是我親人埋骨的所在。我尤其感念台灣社會對我這樣一個戰後新移民的包容之義、栽培之恩與擁抱之情。我義無反顧，別無懸念，只有勇往直

前，全力以赴！

四百多年來，台灣這塊土地一直慷慨的接納著先來後到的新移民，滋養、庇護著我們，提供我們及後代子孫安身立命的空間，並以高峻的山峰、壯闊的大海，充實、淬礪著我們的心靈。我們承繼的種種歷史文化，不但在這片土地上得到延續，更得到擴充與創新，進而開創出豐盛多元的人文風景。

中華民國也在台灣得到了新生。在我任內，我們將慶祝中華民國開國一百週年。這一個亞洲最早誕生的民主共和國，在大陸的時間只有三十八年，在台灣的歲月卻將超過一甲子。在這將近六十年間，中華民國與台灣的命運已經緊緊的結合在一起，共同經歷了艱難險阻與悲歡歲月，更在追求民主的曲折道路上，有了長足的進步。國父孫中山先生的民主憲政理想，當年在中國大陸沒有能夠實現，但今天在台灣終於生根、開花、結果。

面對台灣的未來，英九充滿了信心。多年來我走遍台灣各個角落，在與各行各業的互動當中，讓我感受最深刻的就是：地無分南北，人無分老幼，善良、正直、勤奮、誠信、包容、進取，這一些傳統的核心價值，不但洋溢在台灣人的生活言行，也早已深植在台灣人的本性裡。這是台灣一切進步力量的泉源，也是「台灣精神」的真諦。

盱衡時局，環顧東亞，台灣擁有絕佳的地理位置、珍貴的文化資產、深厚的人文素養、日漸成熟的民主、活力創新的企業、多元和諧的社會、活躍海內外的民間組織、遍佈全球的愛鄉僑民，以及

來自世界各地的新移民。只要我們秉持「台灣精神」，善用我們的優勢，並堅持「以台灣為主，對人民有利」的施政原則，我們一定可以將台澎金馬建設為舉世稱羨的樂土、我們引以為傲的美麗家園。

台灣的振興不只要靠政府的努力，更要靠人民的力量；需要借重民間的智慧，需要朝野協商合作，需要所有社會成員積極的投入。各位親愛的父老兄弟姊妹們，我們要從此刻開始，捲起袖子，立即行動，打造美麗家園，為子孫奠定百年盛世的基礎。讓我們心連心，手牽手，大家一起來奮鬥！

最後，請大家一起跟我一起高呼：

台灣民主萬歲！

中華民國萬歲！

◈ 日文同步口譯示範演練

(MP3 03-12)

各友邦元首の皆様、貴賓の皆様、華僑同胞の皆様、国民の皆様、テレビ及びネットをご覧の皆様、おはようございます。

一. 二度目政権交代の歴史的意義

今年３月22日中華民国の総統選挙で、台湾人民は台湾の未来を変える一票を投じました。本日、我々がここにいるのは、政党或いは個人の勝利を祝うためではなく、台湾の民主が歴史的な里程標を越えたことの証人として立会うためです。

我々の民主主義は茨の道を歩んできましたが、現在ようやく

成熟した平坦な道程に向けて歩むチャンスがやってきました。こ
れまでの波乱万丈の歳月の中で、人民の政府に対する信頼が谷底
に落ちて、政治的操作が社会のコア的価値を曲げ、人民の経済に
対する安心感が失われ、台湾の国際支持も空前の損害を受けまし
た。喜びに値するのは、多くの若い民主主義国家に比べて、我々
が民主主義国家に成長するまでの陣痛期がそれほど長くはなく、
台湾人民は日増しに成熟しつつある民主主義の見本を見せるこ
とができ、キーポイントの時期に明確な選択をしたということで
す。台湾人民はクリーンな政治、経済の開放、エスニックグルー
プの調和、そして両岸平和と未来志向の道を選んだのです。

　特に重要なのは、台湾人民が同時に善良、正直、勤勉、誠実、
包容、向上といった伝統的価値を取り戻したことです。このよう
な民主主義に成長した非凡な経験から「台湾はアジアと世界の民
主主義の灯台である」という賞賛を得たことは、すべての台湾人
が誇りとするに値します。明らかに、中華民国は国際社会で尊敬
される民主主義国家になったのです。

（MP3 03-13）

　しかしながら、我々はこれで満足していてはいけません。我々
は更に一歩進んで民主主義の質を向上させること、そして民主主
義の中身を充実させることを求め、「優れた民主主義国家」に向
けて、大きく邁進してゆかなくてはなりません。憲政主義の原則
の下において、人権が保護され、法治が貫徹され、司法が独立

かつ公正であるという公民社会が活発に発展していくようにしなくてはなりません。不正傍聴や選択的に法律案件を裁くこと、政治の力がメディア或いは選挙事務機関に干渉することはこれから二度とあってはなりません。これは我々の共通したビジョンであり、我々の次の段階の民主改革の目標でもあります。

　開票当日、全世界には数億に及ぶ華人がテレビとネットの生中継を通じて、密接に選挙結果を注意深く見守っていました。何故ならば、台湾は世界で唯一の中華文化の土壌で、順調裡に二度目の政権交代をなし遂げた民主的な範例であり、全世界の華人が熱い希望を寄せた政治的実験の場であるからです。もし、この政治的実験が成功すれば、我々は全世界華人の民主の発展に前例のない貢献をすることになり、これは我々の歴史的責任でもあります。

（MP3 03-14）

二．新しい時代の任務

　新政府の最も緊迫した任務は、台湾をリードしてグローバル化がもたらした巨大な挑戦に勇敢に立ち向かうことです。目下、世界経済が激変のなかにあり、新興国家が速やかに台頭しつつあるなか、我々は迅速に台湾の国際競争力を向上させる必要があり、これまで逃してきたチャンスを取り戻さなければなりません。現在、世界経済の環境は非常に不安定ですが、これは我々が経済を振興させるのにまず克服しなければならない課題です。しかし、

我々の戦略が正しく、決心が固いものであれば、最後には必ず自ら定めた目標に達成できるものと深く信じています。

　台湾は島国であり、開放すれば隆盛し、閉鎖すれば衰退する、これは歴史の鉄則です。そのため、我々は開放を堅持し、大幅に規制を緩和して民間の活力を解放し、台湾の優勢を発揮することに取り組みます。我々は企業の台湾への立脚をリードし、アジア太平洋地域と連帯し、世界に進出します。我々は労働者を助けて日々変遷する科学技術と産業構造の調整に適応させなければなりません。我々は心血を注いで次の世代を培い、彼らに健全なる人格、公民の素養、国際的視野と生涯学習の能力を備えさせ、そして各種イデオロギーの教育に対する不当な妨害を排除しなければなりません。我々はグローバル化の挑戦に対応する措置を取ると同時に、弱小団体に対する基本保障と発展のチャンスを必ずや維持し、また台湾及び世界の生態環境の持続的営みの問題をも顧みる必要があります。

(MP3 03-15)

　新政府のもう一つの重要な任務は政治の気風を正して、人民の政府に対する信頼を回復しなければならないことです。我々はともに努力して人間性を尊重し、理性を尊び、多元性が保障され、すべての人々が和解共生できる環境を創出することに取り組んでいきます。我々はエスニックグループ及び新旧移民間の調和を促進し、政党間の良質な競争を提唱し、メディアの政府に対する監

督や報道の自由を大いに尊重します。

　新政府はクリーンな政治の新しい見本を樹立し、公務員の清廉さと効率を厳格に要求します。そして、官民相互連動の規範を再構築して、金権政治の汚染を防ぎます。公権力を行使するすべての公務員に、「権力は人を腐敗させる。そして絶対的権力は人を絶対的に腐敗させる」という有名な警句をしっかりと肝に銘じてほしいのです。我々は身をもって誠実と信頼の政治を行い、国民党の「完全に執政し、完全に責任を負う」という公約を実践します。新政府のあらゆる施政は全国民の福祉の視点から出発しなければならず、党派の利益を超えて、行政の中立を貫徹させなければなりません。我々は政府を二度と社会進歩のつまずきのもとにしてはなりません。台湾の進歩をリードする発動機にしなくてはならないのです。

（MP3 03-16）

　私は中華民国総統の最も神聖なる職責は憲法を守ることであると堅く信じています。若い民主主義国家にとって、憲法を遵守することは憲法を改正することより更に重要です。総統である私の主要任務は憲法の権威と憲法を守ることの価値をしっかりと示すことです。私は自らの身をもって、けじめある立憲政治を厳守し真に職権と責任の合致した立憲政治体制を確実に実現する構えです。政府は全面的に法律にのっとった行政を行い、行政院は法律の規定により立法院に対して責任を負い、司法機関は法治と人権

を確実に実現し、考試院は文官体制を健全に保ち、監察院は違法公務員を糾弾します。今こそ我々が立憲政治のよき伝統を構築する最大のチャンスであり、我々はしっかりとそのチャンスをつかまなければなりません。

　台湾は国際社会において尊敬を受け得るメンバーにならなくてはなりません。我々は「尊厳、自主、実務、弾力性」をもって対外関係と国際空間を勝ち取る指導原則とします。中華民国は国際社会の一員として、自由経済の秩序の維持や核兵器の拡散防止、地球温暖化の防止、テロ活動の阻止や人道支援の強化などのグローバルな議題において、我々の果たすべき責任を担います。我々は積極的にアジア太平洋地域との協力に参与し、主要貿易パートナーとの経済貿易関係を一層強化し、東アジアの経済統合に全面的に融合するとともに、東アジアの平和と繁栄のために積極的に貢献します。

　我々はアメリカとの安全同盟及び貿易パートナーとしての協力関係を強化していかなくてはなりません。我々はまた、国交国との友好を大切にし、相互の約束を守ります。我々はすべての理念を共にする国家と連携しながら、協力関係を拡大していきます。我々には台湾の安全を守る決意があり、合理的な国防予算を編成して、必要な防御兵器を購入し、堅実な国防力を確立します。海峡両岸の平和を求めることと地域間の安定を維持することは、我々の不変の目標です。台湾は将来必ずや世界のピースメーカー

になり、国際社会の刮目に値する存在となることでしょう。

（MP3 03-17）

　私は海峡両岸が現在この得がたい歴史的機運をつかんで、まさに今日から共同で平和共栄の新しい歴史の1ページを開くことを心より切望しています。我々は台湾の主流民意に最も合致する「統一せず、独立せず、武力を用いず」の理念をもって、台湾海峡の現状を維持します。1992年、両岸は「一つの中国は各自に解釈する」というコンセンサスに達し、そして「92年合意」の基礎の上に、何度も協議を重ね、順調に両岸関係の発展を促進しました。私は今ここで、引き続きこの「92年合意」の基礎の上において、一刻も早く協議を回復することを改めて申し上げます。そして、4月12日に博鰲（ボーアオ）フォーラムの中で提出した「現実を直視し、未来を切り開き、争議を据え置き、ウィンウィンを追求する」ことに基づき、互いの共同利益のバランスを捜し求めます。両岸がともに勝ち組であることを目指して歩むスタート地点は、経済貿易の往来と文化交流の全面的正常化であり、我々は協議の準備をすでに整えています。7月から始まる週末チャーター直行便の運航と大陸観光客の来台が、両岸関係を新たな時代へと導くことを希望しています。

（MP3 03-18）

　我々はまた大陸と台湾の国際空間と両岸の平和協定について協議を展開していかなければなりません。台湾には安全と繁栄、

そして何より尊厳が必要です。大陸が台湾に対する孤立政策を中止してこそ、両岸関係ははじめて前進するのです。我々は、胡錦濤氏が最近三回に渡り両岸関係に関して行った談話に注目しました。一つめは去る3月26日にアメリカのブッシュ大統領との会談での「92年合意」に関する言及、二つめは4月12日博鰲フォーラムで示した「四つの継続」、そして三つめは4月29日の両岸が「相互信頼を構築し、争議を据え置き、同を求めて異を捨て、ともにウィンウィンを創り出す」という主張、これらの見方は我々の理念とほぼ一致しています。よって私はここにおいて、両岸が台湾海峡であれ国際社会においてであれ、ともに和解休戦し、また国際機関及び関連の活動の中で互いに協力し合い、互いを尊重し合わなくてはならないということを誠心誠意呼びかけます。両岸人民はともに中華民族に属しており、各自の能力を尽くして、肩を並べてともに前進し、共同で国際社会に貢献せねばならず、決して悪性的な競争によって、人的・経済的な資源を消耗すべきではありません。私は、世界の広さと、中華民族の英知で、台湾と大陸が必ずや平和共存する道を見出すことができると深く信じています。

(MP3 03-19)

　私は両岸問題の最終的解決の鍵は主権争議ではなく、ライフスタイルとコア価値にあると確信しています。我々は心から大陸13億同胞の福祉に関心を払っており、大陸が自由、民主、富の均等

化への道のりを歩み続けること、そして、両岸関係の遥かなる平
和的発展のために、ウィンウィンの歴史的条件を創出することが
できることを期待しています。

　このほど四川で発生した大地震が大きな惨事となったことについて、台湾人民も党派を問わず、心を痛めており、またいつでも緊急的支援を提供する意思があります。救援活動が順調に進むこと、そして被災者の避難と被災地の復興作業が一日も早く完成するよう願っています。

（MP3 03-20）

三. 台湾の伝承とビジョン

　宣誓就任したこの瞬間から、2,300万国民の付託を背負う身であることを深く感じています。これは私の一生涯の中で最も光栄な職務であり、また一生涯の中で最も重大な責務でもあります。私は台湾生まれではありませんが、台湾は私が育った故郷であり、私の家族の骨を埋める地でもあります。台湾社会が私のような戦後新移民を包容し、育くみ、受け入れてくれたことに、何よりも感謝しています。ためらわず、疑念なく、ひたすら前に向かって、全力を尽くすだけです。

　400年余りにわたって、この台湾の地はずっと新旧移民を寛大に受け入れ、我々を潤し、庇護し、我々と後世の子孫に安心して住める場所を提供してくれました。高い山々、広大な海は、我々の心を充実させ、鍛えてくれます。我々が継承してきたさまざ

な歴史文化はこの地でただ引き継がれるにとどまらず、さらに拡大し新しく創出され、豊かで多元的な人文的景観を切り拓いたのです。

　中華民国は台湾で生まれ変わりました。私の任期内に中華民国建国100周年を迎えることになります。このアジアで最も早く誕生した民主共和国が大陸にいた時間はわずか38年で、一方台湾にいる歳月は間もなく60年を超えます。この60年近くの間、中華民国と台湾の運命は緊密に結合しており、ともに艱難辛苦と悲喜こもごもの歳月を経験し、また民主を追求する紆余曲折の道のりにおいて大きな成果を挙げました。国父孫文先生の民主憲政の理想は、大陸では実現できませんでしたが、今日、台湾でようやくそれが根を下ろし、開花し、そして実ったのです。

　台湾の将来に直面して、私は今自信に満ち溢れています。長年来、私が台湾の津々浦々を歩き回り、各分野の仕事に携わる人々との相互連動の中で、最も感銘を受けたのは、地の南北を問わず、人の老若を問わず、善良、正直、勤勉、善意誠実、包容、向上などの伝統的コア価値が、台湾人の生活言動の中に溢れており、それらがすでに台湾人の気質として深く植えつけられているということです。これは台湾のあらゆる進歩の源泉であり、また「台湾精神」の真髄でもあります。

四、專題演講同步口譯的示範演練

94

　時局を見渡し、東アジアを顧みれば、台湾は絶好の地理的位置にあり、また貴重な文化遺産、深い人文素養、日増しに成熟しつつある民主主義、活力と創意工夫に満ち溢れた企業、多元的で調和した社会、内外で活躍している民間組織、世界に遍在する愛国華僑、及び世界各地から来た新しい移民を有しています。我々が「台湾精神」をもって、我々のメリットを生かし、「台湾本位、人民に有利」という施政の原則を堅持すれば、必ずや台湾、澎湖、金門、馬祖を世界も羨む楽園、世界に誇れる美しい郷里にすることができると信じています。

　台湾の振興は政府の努力はもとより、それ以上に国民の力に頼らなければなりません。民間の知恵が必要であり、与野党の協力が必要であり、あらゆる社会のメンバーが積極的に参加することが必要です。親愛なる全国同胞の皆様、我々は今この瞬間から袖をまくり上げて直ちに行動を開始し、美しい郷里を建設して子孫のために百年隆昌の基礎を築きましょう。心と心をつなぎ、手と手を携え、みんなで共に頑張りましょう。

　皆さん、どうぞ私と一緒に高らかに叫びましょう。

　台湾民主万歳！

　中華民国万歳！

【解析】

　　上述總統就職演說是極為重要又正式的內容，自然馬虎不得，也是筆者迄今所做同步口譯中最慎重且難得的寶貴經驗。因係總統就職演說各方矚目，故幾乎所有的字眼都要翻譯出來，此與平常的同步口譯只要做個八成左右，即大功告成的作法大相逕庭，務必要求內容準確及完整的翻譯出來才行。

　　況且，總統就職演說算是國家的正式文件，遣詞用句均要得體、優雅，決不可望文生義，妄自解釋。因篇幅過長，筆者不再一一將文中關鍵字眼如何翻譯逐一羅列，而要請讀者諸君仔細比對文中，中日文句子的轉折及關鍵字眼、成語片語、口號等用語如何翻譯。相信讀者諸君在檢視的過程中會有新的發現，並且能從其中吸收、學習到許多新東西。

名言佳句

いやなことは、その日のうちに忘れろ。自分でどうにもならんのにクヨクヨするのは阿呆だ。【by田中角栄】

惱人的事情當天就忘掉。為自己無可如何的事情耿耿於懷的是蠢蛋。【田中角榮】

⁎ ⸳⸳⸳⸳⟨小小作業～ミニ宿題～⟩⸳⸳⸳⸳ ⁎

小小家庭作業又來了。下列情形亦是筆者親身之遭遇，現將其陳述如下，希冀讀者諸君自行演練，看能否翻的得體。

> 有一天海龍王要宴請蝦兵蟹將，但因為海中生物實在太多沒有辦法全部招待。所以海龍王就想出一個辦法，規定體重不超過30公斤者恕不招待。因此包括鯨魚、鮪魚、海豚、旗魚大家都盛裝打扮去赴海龍王的宴會。這時候，烏龜也很想參加宴會，可是到了門口一秤才27公斤，不符合體重規定，烏龜只好掃興的準備離去。這時候海鰻也來了，可是一秤體重只有3公斤，當然不符合體重規定。這時候烏龜心生一計，他請海鰻纏繞在他的脖子上，兩個體重加起來剛好是30公斤，於是就高高興興的去赴海龍王的晚宴。
>
> 進入宴會聽後，海龍王看了一下賓客就說，烏龜老兄，你參加宴會幹嘛還打領帶，快把領帶解下來大家輕鬆的喝一杯。各位貴賓，現在請把領帶解下來，我們可以開始開懷暢飲了。

以上，是筆者所親眼見證最高竿的宴會主人，是晚賓主盡歡，無不帶著美好的回憶回去。此種說話的功力，也是從事口譯工作者所必須學習的。

現茲將上述關鍵字眼，羅列如後，敬請各位讀者斟酌參考。口譯工作者除可親耳及見證各行各業的菁英看他們精彩的表現之外，重要的是他們在表演的同時也是我們聚精會神工作的當下。

❋ ° ˳ ˳ ❋ ˳ ° ˳ ● ˳ ° ˳ ˳ ❋ ˳ ˳ ° ❋

1. 海龍王　　　　　海竜王、海の竜王様

2. 蝦兵蟹將　　　　えび軍団、かに将軍

3. 鯨魚　　　　　　鯨

4. 鮪魚　　　　　　マグロ

5. 海豚　　　　　　イルカ

6. 旗魚　　　　　　カジキ

7. 盛裝打扮　　　　晴れ着、正装

8. 掃興　　　　　　白ける

9. 海鰻　　　　　　アナゴ

10. 心生一計　　　　閃いた、思いついた

11. 開懷暢飲　　　　リラックスして飲みましょう、心ゆくまで飲みましょう

明日のことがわからないという事は、人の生きる愉しさをつないでゆくものだ。【by室生犀星】

不曉得明天會發生何事，正是連結人生樂趣之所在。

【室生犀星】

【幕後花絮】
～エピソード～

　　事實上，2008年的總統就職演說為節省經費，並未採同步口譯的方式進行，而是配合總統演講的速度，用打字幕的方式（英日西法四種語言）呈現在賓客的面前。另外，2000年及2004年的總統就職演說，則採英日西法四種語言同步口譯的方式進行。筆者有幸從2000年至2008年的總統就職演說皆由筆者逐譯成日文，2000年及2004年並且負責總統就職演說的同步口譯工作。迄今，個人已連續三屆負責總統就職演說的日文翻譯，相信這個記錄極難有人可以打破。

　　尤其是2000年及2004年為了翻譯就職演說又怕洩密，所以兩次皆要求翻譯人員要入闈（缶詰される），軟禁在台北某飯店，雖斷絕與外界的所有聯繫，然而可以在裡面叫ルームサービス（客房服務），也算是人生難得的經驗，直到520當天做完所有晉見、就職演說同步口譯及國宴後才能下班。印象最深刻的是2004年的總統就職大典，因有兩顆子彈（銃擊事件）的陰影，再加上是日天公不作美下起傾蓬大雨（土砂降り），總統府廣場前雖設有遮雨棚，大多數的賓客還是淋成落湯雞（濡れ鼠）好不狼狽，可是阿扁總統不曉得是有感而發還是有備而來，竟然在那種正式又極受矚目的場合脫稿演出（アドリブ），藉天氣以諷時事，足足多出三個段落。記得筆者剛開始時還以為是看錯行，後來回過神來才緊急追趕補譯。

另外，2000年的總統就職大典，因為是首次政黨輪替（政権交代{せいけんこうたい}），舉世關注民進黨籍的總統會如何發表演說，有興趣的讀者可自行上網去搜尋演說的內容。筆者要講的是，斯時有部分邦交國代表，或許是沒見識過同步口譯的機器，以為透過機器就可聽到不同語言的翻譯，典禮結束後竟然有許多人將同步口譯的耳機帶走，讓外交部額外賠償口譯設備公司許多銀子。

　　此外，2008年政黨再度輪替，筆者再度奉命翻譯總統就職演說，記得五月十二日至國民黨中央黨部報到，是日拿到總統就職演說的原稿便開始翻譯，到下午二點多左右筆者已經將初稿翻好，正準備慶祝大功告成時，突然一陣暈眩像是地震，原本以為只是輕微的有感地震而已，事後看電視才知道是四川發生大地震且傷亡無數。記得隔日筆者曾向後來奉派為駐日代表的馮寄台大使反映，應在就職演說稿中對川震表示慰問及哀悼之意，後來總統的確加上一段對四川地震的慰問，以及台灣願提供人道救援的話進去。

名言佳句

為{な}すべきは人{ひと}にあり、成{な}るべきは天{てん}にあり。【by杉田{すぎた}玄白{げんぱく}】

謀事在人，成事在天。【杉田玄白】

第四講 大會同步口譯的演練及實踐

在前面三講中，筆者已就同步口譯員應具備的條件、訓練方法、會議流程，以及大會司儀的宣布事項、與會者簡歷的介紹、專題演講等部分做過介紹，相信讀者已有一定程度的瞭解及認識。

本講將就各種不同類型的大會，包括研討會舉行時各場次所安排的簡報、引言人的發言，以及各式各樣頒獎典禮的同步口譯部分，向各位讀者做一概略介紹。

如同前面所述，要將同步口譯的進行過程形諸於文字難度極高。一來，雖有參考資料，然講者幾乎不會照本宣科，故極難將現場同步口譯的實況，透過文字表述讓讀者瞭解，或許可以提供同步口譯的錄音帶，原音重現讓讀者進行演練，然如此一來又牽扯到著作財產權的問題。二來，每位講者口語表達能力不盡相同，故很難透過單純的文字敘述，讓學習者體會箇中差異對口譯人員的影響。三來，既然集結成冊，本書所呈現的內容已然經過歸納整理，極難透過書面的形式，原汁原味提供學習者反覆進行練習。

前面所述理由，敬盼各位讀者能夠諒解，並祈能從下列所提供的範例中細細去品味，揣摩真正上場時的箇中滋味為禱。

● 一、會議簡報同步口譯的演練及示範

拜科技發達所賜，現在無論大小場合，在進行會議簡報時都會利用到投影片。或許有影片的輔助較為生動，聽者也較不會打瞌睡吧！其次，有些講者在進行簡報時，其實是有準備配合投影片內容的講稿，然而此類講稿倘不積極向主講者催討，一般都不會主動給口譯員。即便拿到講稿後也

不能安心，因為有些講者一緊張就會以超快的速度猛唸，或因大會時間上的限制，而逼得其不得不以極快的速度唸稿，所以還是要全神貫注聆聽講者的發言內容。

以下，試舉兩例會議引言及簡報的同步口譯參考稿，提供學習者作為演練之用。

❀　。。❀。。°　❀　。。❀。。°　❀

【會議引言　中→日　同步口譯示範演練】

◇ 中文原稿

再次感謝各位航空城市首長、營運長、商務代表及專家學者們的熱情參與，本階段討論的主題為「全球航空城發展經驗的分享」，我們邀請的貴賓有美國達拉斯市市長、日本宮崎市市長、新加坡國會議員、德國慕尼黑機場營運長，希望各位貴賓能夠以各國航空城發展的成功經驗，提供與會所有來賓共同分享。

美國達拉斯機場自1974年正式營運，迄今已成為美國第2大機場，達拉斯機場設計時即已考量未來發展的需要，預留空間供擴張需要，且發行「達拉斯機場共同收益債券」，一方面提供機場資金，另一方面提昇機場競爭力，當然還包含地方政府與機場營運在管理層面上的整合、自由貿易區廠商關稅規定等寶貴經驗都可以提供我們參考，細節部分稍後再請市長給予我們指導。

日本宮崎機場自1943年建成，作為舊陸軍飛行基地使用，到1961年列為民用機場正式開始營運，不僅適時解決日本國內交通的

需求，在交通路網的串連工作上，亦有許多豐富的經驗可以提供大家分享。

　　新加坡樟宜機場的成功也是全球有目共睹的，不僅是亞洲重要的航空樞紐，也是最繁忙的貨運機場；推出「空運發展基金」，並且持續投入資金新增機場設施，如在2007年為A380完成許多重大工程，也因此得過許多最佳機場的獎項，提供非常好的服務。此外，樟宜機場為符合實際發展需求，將原有的空軍基地新建成民用機場，在基礎工程建設上有非常好的經驗。

　　我們也很榮幸邀請到德國慕尼黑機場營運長，德國慕尼黑機場自1992年啟用，飛機起降次數與乘客量持續成長，在最新的英國專業航空調查機構Skytrax2009評比中是五星等級，服務品質與營運效率都是值得我們學習的對象。

　　桃園國際機場自1979年起正式營運，啟用初期曾是國外觀摩的對象，然而最近幾年機場運量持續倒退，且在國際專業機場評比機構Skytrax中，桃園國際機場毫無航站服務品質。因此，如何從航空運輸到迎向航空城發展不僅是桃園縣，也是台灣必須面對的挑戰，我們不可以再失去機會，相信從現在開始會是成功的轉捩點。

　　值得欣慰的是桃園縣政府近年來積極推動智慧城市發展及u航空城的創新計畫，整體發展成果在美國ICF（Intelligent Community Forum）國際智慧城組織於2009年評估，獲得年度的「全球智慧城市創新獎」。

　　另隨著高鐵的正式啟用，目前國際機場聯外捷運系統正加速興

建中，預計2013年6月三重至中壢段先通車，2014年10月全線通車至台北火車站；另政府亦積極推動國道2號（機場聯絡道）的拓寬及中山高速公路五股至楊梅段拓寬計畫，將可建構四通八達的鐵公路運輸網，改善桃園航空城的對外交通，是串連北台都會及重要產業的發展區，桃園機場應藉此機會與相關重大建設配合，陸續完成航空城相關計畫。

　　桃園國際機場相對於亞太主要其他七大城市：東京、首爾、香港、上海、新加坡、馬尼拉及雪梨等，飛到這些城市的平均航行時間為2小時又30分，為平均飛航時間最短的機場，可見桃園國際機場正位於亞太地區重要的轉運路線上，具有絕佳的地理優勢，有絕佳的機會發展成國際航空城。

　　歡迎各位的蒞臨指導，各位貴賓的經驗非常豐富，接下來請各位貴賓將最寶貴、最專業的資訊提出討論，並與我們所有與會先進共同分享，謝謝大家。

◈ 日文同步口譯示範演練

（MP3 04-01）

　　改めて各エアシティーの首長、ＣＥＯ、商務代表及び專門家、有識者の皆様の熱烈な參加に感謝いたします。このセッションで討議するメインテーマは「グローバルエアシティーの發展經驗とそのシェアリング」についてです。私どもがお招きした貴賓はアメリカダラス市の市長、日本宮崎市の市長、シンガポールの國會議員、ドイツミュヘン空港會社のＣＥＯの皆様です。貴賓の皆様が

それぞれお国のエアシティーを成功裏に発展させた経験をあらゆる来賓の皆様に提供し、分かち合っていただきたいと願っています。

　アメリカのダラス空港は1974年正式に運営が開始されて以来、現在アメリカ第2位の空港にまで成長してきました。ダラス空港は設計された当初から、すでに将来の発展のニーズを考慮し、スペースを拡張するための土地をとっておきました。そして、「ダラス空港共同収益債券」を発売することで、空港の運営資金を提供し、一方で空港の競争力を向上させました。もちろん、ほかにも地方自治体と空港運営の管理面における統合や自由貿易区の工場に対する関税の規定など参考になる貴重な経験があることと存じますが、詳しい説明は後ほど市長さんにお願いしたいと思います。

(MP3 04-02)

　日本の宮崎空港は1943年に旧陸軍基地として建設され、1961年に民間空港として正式に運営を開始し、適時に日本国内の交通ニーズを満たしてきました。交通網の連結の面においても、参考になる豊富な経験がおありだと思います。

　シンガポールのチャンギ国際空港の成功例はよく知られていることであり、アジアの重要なハブ空港であるだけではなく、最も忙しい貨物空港でもあります。シンガポールは「空運発展基金」を創出して、持続的に資金を投入して空港の施設を完備させよう

としています。例えば、2007年にA380ジャンボ機のために大掛かりな改築工事を完成し、そのためこれまでに多くの賞を受賞され、いつも大変素晴らしいサービスを提供しています。そのほか、チャンギ国際空港は実際発展の必要性を満たすために、もともと空軍基地だったところに民間空港を建設しました。インフラ建設面における素晴らしい経験をお教えいただけるかと思います。

(MP3 04-03)

　また今回、私どもは光栄にも、ドイツミュヘン空港会社のCEOをもお招きすることができました。ミュヘン空港は1992年に開港、飛行機の発着と乗客量は増え続けており、最新のイギリス空港調査機関Skytrax2009の評価では5つ星に位置づけられました。サービス、運営の効率など、私どもが学ぶべき点はたくさんあります。

　桃園国際空港は1979年に正式に運営が開始され、初期には外国の見学の対象でしたが、しかし近年では輸送量は下がり続け、また国際空港評価機関Skytraxの評価ランキングでは、桃園国際空港のサービスはいつも下位に位置づけられています。そのため、如何にして航空運輸の役割からエアシティーとして発展していくかということは、桃園県だけではなく、台湾が立ち向かわなければならないチャレンジでもあります。我々は再びチャンスを逃すわけには行きません。今が成功に向けての転換点だと思いま

す。

(MP3 04-04)

　喜ばしいことは桃園県政府が近年、積極的にインテリジェンスシティーの発展とUエアシティーのイノベーションプロジェクトを推進しており、その全体の発展成果がアメリカのICFインテリジェント・コミュニティー・フォーラム（Intelligent Community Forum）において、今年度の「スマート21コミュニティー」に選ばれたことです。

　また、台湾高速鉄道の営業開始にともない、現在国際空港にアクセスするMRTの建設が全速力で進められており、2013年6月に三重－中壢間が先に開通、2014年10月に台北駅まで全線が開通する予定です。そのほかにも、政府は国道2号、即ち空港の対外アクセス道路の拡張工事、及び中山高速道路の五股から楊梅までの拡張工事の計画を積極的に推進しております。ゆくゆくは四方八方へとアクセスできる道路網を建設し、桃園エアシティーの対外アクセス網を改善して、北部台湾と重要な産業発展エリアを連結する予定です。桃園空港はこれを機に、国の重要建設計画とあわせて、エアシティーの関連計画実現に取り組んでいく必要があります。

(MP3 04-05)

　桃園国際空港はアジアの他の七大主要都市、東京、ソウル、香港、上海、シンガポール、マニラ及びシドニーと比較すると、こ

れらの都市までの平均フライト時間が２時間30分と、飛行時間が最も短い空港です。このことから、桃園国際空港がアジア太平洋地域の重要なハブ的位置にあり、最高の地理的優位性を備えており、国際空港シティーとして発展していく絶好のチャンスを有しているということができます。

　つづきまして、これからの時間は貴賓の皆様の最も貴重で最も専門的な情報を提出していただき、ご来場の皆様と分かち合っていただきたいと思います。

❊ ◦ ˳ ❀ ˳ ◦ ❊ ◦ ❊ ◦ ˳ ❀ ◦ ◦ ❊

【會議簡報　日→中　同步口譯示範演練】

◈ 日文原稿

(MP3 04-06)

　宮崎市長の津村でございます。

　本日は、「空港を活かした宮崎市のまちづくり」と題して、発表をさせていただきます。

　はじめに、ここ台湾は、日本と同様に国全体が海に囲まれ、豊かな自然と伝統的な文化が残っており、日本と共通する部分も多いと感じましたので、大変親近感を持ったところです。

　昨年の６月には、私ども宮崎県民・市民にとって念願でありました桃園国際空港と宮崎空港を結ぶ国際定期便が就航しまして、多くの観光客やビジネス客が行き来をするようになり、人、物、

経済、文化などさまざまな交流が行われるようになったことは、大変喜ばしい限りです。

　このように、台湾と宮崎との国際定期便が就航して、間もなく1年を迎えようというこの時期に、今回、朱立倫桃園県長様をはじめ、桃園県政府にご招待をいただき、このような機会をご提供いただきまして、大変光栄に思います。本当にありがとうございます。

（MP3 04-07）

　それでは早速、宮崎市についてご紹介いたします。

　まず、宮崎市が日本のどの辺りにあるかを、地図を使って説明いたします。

　日本は、北から「北海道」「本州」「四国」「九州」という4つの島と沖縄から構成されており、宮崎市は、九州の南東部に位置しています。また、九州には7つの県がありまして、宮崎市は、その中の宮崎県の県都でもあります。人口は約37万人で、台湾の都市では基隆市（約39万人）とほぼ同じ人口規模になります。また、面積は約596平方キロメートルで、桃園県（約1,221平方キロメートル）の約半分の面積になります。気候は、年間を通じて温暖で、晴れの日が多く、海と山に囲まれ、街中に花や緑があふれる、豊かな自然がいっぱいの都市です。

（MP3 04-08）

それでは、宮崎空港についてご説明いたします。

宮崎空港は、今年で開港55年目を迎え、現在、東京、大阪、福岡など国内７都市と、海外２都市に定期便が就航しており、国内有数の空港として、宮崎県、そして宮崎市の「空の玄関口」となっております。空港から市街地に向けての国道220号には、訪れたお客さまを歓迎するかのように、ヤシの一種である「ワシントンアパーム」が立ち並び、本市の「玄関口」と呼ぶに相応しい景色が続きます。

空港の面積は、176万6,119平方メートル、滑走路は2,500メートルが１本、エプロン（駐機場）は16バースと、規模が小さいながらも、2007年は、着陸回数が18,910回、乗降客数が302万6,518人となっています。これは、日本国内の97か所の空港の中で、いずれも13番目であり、地方空港でありながらも上位にランクされております。

宮崎空港の国際化の歴史は、比較的浅く、初めて国際チャーター便が運航されたのが、1987年です。その後、1999年に国際線専用施設が供用開始され、同じ年に空港内に入国管理局宮崎出張所が開設されました。2001年には、宮崎空港としては初めて、国際定期便「ソウル～宮崎」線が就航し、翌年の2002年に、税関及び検疫所の宮崎空港出張所が開設されております。

　台湾と宮崎で、チャーター便が初めて運航されたのは、1991年です。そのときは、日本から台湾を訪問するために運航されたものであり、台湾から宮崎へお越しいただけるようになったのは、その５年後の1996年でした。その後、年々チャーター便の運航便数が増え、３年前の2006年には、年間190便が運航され、１年間で延べ約27,000人が台湾と宮崎のチャーター便を利用しております。

　1987年に国際チャーター便が宮崎空港で初めて運航されて以来、これまでに約27万人が利用されておりますが、その内の約半数は台湾と宮崎の利用者であり、この路線の人気の高さを表しています。その人気の高さもあって、昨年の６月からは、台北〜宮崎の定期便が就航しました。

　宮崎市としましても、宮崎県や県内の市町村、企業、民間団体などと共同で宮崎空港振興協議会を設立し、６人以上の団体で国際線を利用する時に補助を行うなど、利用促進を図っております。旅行代金を比較しますと、例えば３泊４日の場合は、宮崎から東京へ旅行するのと、宮崎から台湾へ旅行するのは安い場合はいずれも約５万円で、ほぼ同じです。所要時間も２時間前後で大差ありませんので、ひと頃に比べると、利用しやすくなったと感じております。

　このように、定期便の就航により、台湾と宮崎の行き来がより手軽で、便利になり、交流がより一層活発になりますことを期待しているところです。

　次に宮崎空港の特徴をあげますと、空港に隣接して、日本で唯一、1954年に国が設置したパイロット養成機関の「航空大学」があるということです。この航空大学では、将来パイロットになることを夢見る大学生が、飛行機の操縦技術を磨くための訓練を、日々重ねています。これまでに3,500人以上の卒業生を送り出し、その多くが航空各社の民間パイロットとして活躍しております。

　もう一つの特徴としましては、空港が市中心部から近く、アクセスに優れた立地条件にある点です。宮崎空港は、宮崎市の市街地からは南へ約7Km、車で15分の位置にありますが、空港から遠距離にある県北や県南地域の皆さんからは、定時性や速さに優れた交通アクセスが求められていました。そこで、国、県、そしてJR九州という鉄道会社が共同で、地方空港乗り入れとしては全国初となる空港線を1996年7月に開業しました。空港連絡鉄道の開業により、現在は、交通の利便性が高く、県民に親しまれ、利用しやすい空港となっています。皆さまが宮崎にお越しの際も、この連絡鉄道をご利用いただくと、市中心部だけでなく、県内外の観光にも便利です。

　このように、小規模な地方空港ではありますが、宮崎市では、空港が便利で利用しやすい立地条件と、地方都市ならではの豊かな自然環境や恵まれた観光資源、安全で高品質の農産品などのポテンシャルを活かしながら、次の３つの点を重点的にまちづくりを進めています。

　一つ目が、国際観光リゾート都市づくり。

　二つ目が、スポーツランドづくり。

　三つ目が、景観都市づくりです。

　まずは、国際観光リゾート都市づくりです。宮崎市には、2007年の１年間に、国内外から約634万人の観光客が訪れています。その内、外国人観光客が約77,900人で、台湾からの観光客は、外国人全体の28％、約21,800人となっております。それから、宮崎の観光地の中で、台湾でよく知られているのは「シーガイア」ではないでしょうか。

　2000年の「九州・沖縄サミット宮崎外相会合」の開催場所となり、外相会合が開かれたコンベンションセンターや宿泊施設となったホテルのほか、日本の伝統様式をとり入れた温泉施設「松泉宮」、「ダンロップフェニックストーナメント」の会場となるゴルフ場などを備えたリゾート地で、宮崎空港からは車で約30分の距離にあります。

　そのほかにも、空港から車で20分の圏内には、「鬼の洗濯板」と呼ばれる波状の岩で囲まれた「青島」や、四季を通じて山桜やハイビスカス、はまゆう、コバノセンナ、ポインセチアなどの花が咲き、南国宮崎を感じさせる「堀切峠_{ほりきりとうげ}」などもあります。

　さらに、毎年３月から５月にかけては、宮崎の春の訪れを告げる「宮崎フラワーフェスティバル」が開かれるほか、シーガイアに隣接する「フローランテ宮崎」は、１年を通して四季折々の花や緑を楽しむことができます。また、このフローランテ宮崎は、冬の夜には園内をイルミネーションで飾り、訪れる人たちの目を楽しませています。

（MP3 04-13）

　次にスポーツランドづくりです。本市には、宮崎県立と宮崎市立の総合運動公園があり、野球やサッカー、テニス、陸上競技などの競技施設が大変充実しているため、各種スポーツの大会やキャンプ等が数多く行われております。

　最近では、今年３月のWBC（ワールド・ベースボール・クラシック）で優勝した、日本代表の強化合宿が、宮崎市内で２月に１週間行われたところです。期間中は、約24万人のファンが訪れ、宿泊施設が連日満室の大フィーバーとなりました。また、昨年は北京オリンピックで金メダルを獲得した日本代表の女子ソフトボールチームが大会に向けてキャンプを行いました。また、毎年11月には男女のプロゴルフトーナメントが続けて開催されるた

め、市では「みやざきゴルフマンス」と位置づけ、盛り上げているところです。

このように、スポーツランドみやざきとして発展しているところですが、宮崎市の温暖な気候と充実した競技施設と併せ、空港が市の中心部に近く、利便性が高いことも評価されているものと考えています。

(MP3 04-14)

次に景観都市づくりです。本市では「九州一の景観都市」を政策目標の一つに掲げ、国際観光リゾート都市にふさわしい「美しいふるさと宮崎」を創るため、景観形成に力を入れてきました。2005年4月には、景観行政を推進するため、景観課を創設し、各種業務に取り組んでいるところです。具体的な取り組みとしまして、「宮崎市建築物等色彩ガイドライン」を作成し、新築や外壁の塗り替え時に、写真にありますような建物の色彩についての指導、助言を行っています。

屋外広告物についても、設置場所毎に、大きさや高さなどの基準に加え、色彩やデザインも併せて指導、助言を行っています。看板の背景色が派手なものについては、他の色に変更するように指導し、実際に変更してもらった事例もあります。また、市民の景観に対する関心や、意識の向上を図るためには、景観に対する正しい知識の習得や、市民間の連携を強化することが必要であるため、景観の先進地であるシンガポールに市民を毎年派遣し、ガ

ーデンシティとして緑豊かなシンガポールの様々な景観施策を学んでもらうことで、景観に対する意識の醸成を図っています。

（MP3 04-15）

　以上のように、本市では、「国際観光リゾート都市づくり」「スポーツランドづくり」、そして「景観都市づくり」など、豊かな自然環境と恵まれた観光資源、そして空港所有都市としてのメリットを活かしたまちづくりを進めております。

　最後に貿易の状況について、宮崎と台湾との間では、宮崎県から台湾への輸出額が約96億円で、品目としては、半導体等の電子部品が多くを占めております。また、台湾からの輸入額は約86億円で、品目は、ゴルフ用具の部品が多く輸入されております。現在のところは、工業製品が中心の状況であり、輸送経路としても、関西空港や福岡空港など宮崎空港以外の空港を経由した輸出入となっておりますが、宮崎空港の国際線の路線数や便数、並びに貨物の取り扱いが充実することにより、本市の特徴であります農産品等生鮮品を海外にも提供できるようになることを期待しているところでございます。

（MP3 04-16）

　なお、５月22日から６月８日には、台北市内のスーパーで宮崎県の物産フェアが開かれる予定ですので、ぜひお出かけください。

　宮崎空港は、本日ご参加の皆様方の都市の空港と比較しますと

小規模なのですが、地方空港としての役割は十分に果たしており
ます。今後も「空の玄関口」、本市の「顔」として、まちづくり
に活かして行きたいと考えております。機会がありましたら、台
北～宮崎便が毎週水曜日と土曜日に運航されておりますので、ぜ
ひ一度宮崎市にお越しください。

　以上、宮崎空港の概要と空港を活かした宮崎市のまちづくりに
ついて紹介させていただきました。

　ご清聴、有難うございました。

◆ 中文同步口譯示範演練

　　各位貴賓，大家好。個人是日本宮崎市市長，敝姓津村。

　　今天，個人將以「運用機場資源打造宮崎市」為題進行簡報。

　　首先，台灣與日本同為四面環海，且具有豐富自然景觀與傳統
文化的國家，由於與日本有許多相似之處，讓個人倍感親切。去年
六月，宮崎縣民及宮崎市民期盼已久的桃園國際機場與宮崎機場的
國際定期航班正式飛航，提供更多觀光客及商務人士往來的便利，
並增進人員、貨品、經濟、文化等各方面的交流，實在是可喜可賀
的事情。

　　在台灣與宮崎縣的國際定期航班飛航即將邁入一週年之際，此
次能渥蒙桃園縣朱立倫縣長，以及桃園縣政府的邀請參與本次盛
會，個人感到非常的榮幸，在此謹表由衷感謝之意。

　　接下來，個人謹簡單向各位介紹一下宮崎市。

　　首先，個人將以地圖向各位說明宮崎市的地理位置。

日本從北到南主要由「北海道」、「本州」、「四國」、「九州」等四個大島及沖繩所組成。宮崎市位處九州東南部。九州由七個縣所組成，其中包括宮崎縣，而宮崎市為宮崎縣的縣府所在地。宮崎市人口約37萬人，人口規模與台灣北部的基隆大致相同（基隆人口約為39萬人）。宮崎市的面積約為596平方公里，約為桃園縣的一半（桃園縣的面積約為1221平方公里）。氣候終年溫暖晴朗，位處山海環繞之處，街道綠意盎然，為富有優美自然景觀的都市。

接下來，為各位介紹一下宮崎機場。

宮崎機場今年即將邁入啟用55週年，目前是與東京、大阪、福岡等國內7個都市，以及與海外2個城市有定期航班的飛航，是日本國內重要的機場之一，也是宮崎縣及宮崎市的「空中玄關」。從機場通往市區的國道220號幹道兩旁，種植近似椰子樹品種，稱為「華盛頓棕櫚樹」的街道樹，形成與本市「空中玄關」遙相呼應的特殊景觀，用以表達對到訪旅客的歡迎之意。

宮崎機場的面積為176萬6119平方公尺，有一條2500公尺的跑道，有16座停機坪。機場規模雖小，但是2007年總共提供18910次飛機的起降服務，旅客人數高達302萬6518人。這兩個數據在日本國內97座機場中排名第13，雖是屬於地方機場，也可算是名列前茅了。

宮崎機場國際化的歷史較短，首次國際包機是在1987年才開始的。爾後，在1999年才增設國際航線的專用設施，並且在同年於機場內設置出入境管理局宮崎分處。在2001年，宮崎機場首度開設

「首爾～宮崎」的國際定期航班，並且在隔年2002年，在宮崎機場設置海關及檢疫所分處。

台灣與宮崎的包機飛航始於1991年，當時是為方便宮崎的旅客造訪台灣才飛航包機，為台灣旅客飛往宮崎而開設的包機航班一直要到1996年才實現。此後，包機航班的班數年年增加，3年前的2006年每年高達190個架次，每年大約有2萬7千人左右，利用台灣與宮崎的包機往來兩地。

宮崎機場自1987年開辦國際包機業務以來，截至目前為止已有27萬人次利用，其中佔半數以上為往返於台灣與宮崎的旅客，顯示此條航線大受歡迎。因此，雙方決定自去年6月起開設台北～宮崎的定期航班。

宮崎市、宮崎縣及縣內各鄉鎮、企業及民間團體共同組成（宮崎空港振興）協議會，決定凡是6個人以上的團體利用國際航線即給予補助，藉此鼓勵大家多加利用國際航線。以旅費來做比較，例如三夜四天的行程，從宮崎至東京去旅遊，以及從宮崎至台灣旅遊的費用，低價團費大約為五萬日圓，兩者幾無差別。所需飛航時間也大致皆為兩個小時，與過往相較，可說更加方便旅客自由選擇。

如上所述，由於開設定期航班，台灣與宮崎的往來更加方便、便利，個人也期盼兩地的交流能更加熱絡、頻繁。

其次，談到宮崎機場的特色，有緊鄰於機場旁日本唯一，創立於1954年專門培訓機師的「航空大學」。該航空大學，主要是提供將來立志成為機師的大學生，磨練飛行技術及訓練的一個場所。截

至目前為止已經有3500位學員畢業，並且以機師的身份活躍於各家民航公司。

　　宮崎機場另一個特色為鄰近市中心，具有優越的聯外地理條件。宮崎機場位於宮崎市中心南方約7公里處，車程約15分鐘。即便是距離機場較遠的縣北及縣南地區，也有定時、快速的聯外交通網絡需求。為此，由中央政府、縣政府及JR九州共同出資，在1996年7月，首創日本全國第一條機場線鐵路正式營運。由於機場聯外鐵路的開通，大幅提昇交通的便利性，也廣受縣民歡迎，使其成為更加方便利用的機場。各位貴賓如果有機會到宮崎訪問時，務必親自體驗一下機場聯外鐵路，不僅是市中心的觀光而已，相信到宮崎縣外的旅遊也很方便。

　　宮崎機場雖是小型的地方機場，但是宮崎市具有離機場近又方便的地理條件，並且就地方都市而言，可說擁有豐富的自然環境及觀光資源，在發揮既安全又具高品質農產品潛力的同時，我們以下列三點為核心，推動都市的再造。

　　第一點　將宮崎市打造成國際級觀光渡假都市

　　第二點　將宮崎市打造成大型運動都市

　　第三點　將宮崎市打造成景觀都市

　　首先，先說明將宮崎市打造成國際級觀光渡假都市部分。宮崎市在2007年，約有來自海內外634萬觀光客到訪。其中，外國觀光客約為7萬7千900人，而來自台灣的觀光客又佔所有外國觀光客的28%，約有2萬1千800人。在宮崎的眾多觀光景點中，最為台灣人

所熟悉的大概就是「海洋世界」了。

「海洋世界」也是2000年，日本舉辦「九州・沖繩八大工業國高峰會外相會議」的場地，除舉辦外長會議的國際會議中心外，尚有當時外長們所投宿的飯店，以及融合日本傳統建築形式的溫泉設施「松泉宮」、以及舉辦「鳳凰杯錦標賽」高爾夫球公開賽比賽場地的渡假中心，上述地點都位於從機場出發，車程30分鐘的地方。除此之外，離機場20分鐘車程的地方，尚有被稱為「鬼之洗衣板」，被波浪狀岩石所圍繞的「青島」及四季開滿山櫻花、扶桑花、文殊蘭、黃花槐、聖誕紅等花卉，以及擁有可讓人充分感受到南方島國宮崎之美的「堀切峠」等風景名勝地。

另外，每年3到5月除舉辦春之饗宴「宮崎花卉節」外，在緊鄰海洋世界的「FLORANTE宮崎」這個地方，一整年都可觀賞到四季不同時節的花草樹木。此外，「FLORANTE宮崎」這個地方，冬季夜晚園區內會裝飾各種燈飾，讓造訪的遊客大飽眼福。

接下來，要向各位介紹打造大型運動都市的部分。宮崎市有宮崎縣立及宮崎市立綜合運動場，由於棒球、足球、田徑等運動設施完備，舉凡各種運動比賽及集訓地都選在宮崎市進行。

最近的事情，比如說今年3月在棒球經典賽獲得冠軍的日本國家代表隊的強化集訓，就是2月份在宮崎市進行為期一個禮拜的集訓。在集訓期間共有24萬球迷到場加油，造成飯店設施天天大爆滿，可說是盛況空前。另外，在去年北京奧運勇奪金牌的日本「女子壘球國家代表隊」，在出發前也曾在宮崎市進行集訓。還有，由

於每年11月宮崎市皆舉辦男女職業高爾夫球錦標賽，因此宮崎市將11月訂為「宮崎高爾夫月」，頗受各界好評。

如前所述，宮崎市正朝大型運動都市發展，再加上宮崎市宜人的溫暖氣候及充實的運動設施，機場離市中心近等便利性，相信都是受到好評的原因之一。

其次，為各位介紹景觀都市的部分。宮崎市以成為「九州第一名的景觀都市」為政策目標之一。為打造符合國際觀光渡假都市，建立「美麗家園－宮崎」的形象，現正大力推動各項景觀改造工程。2005年4月為推動景觀行政業務，特別增設景觀課，致力於推動各種相關業務。具體的計畫有擬定「宮崎市建築色彩指針」，輔導業者在新建或外牆重新粉刷時，能符合所提供照片般的色彩，讓該建築物的外觀及色彩皆能符合規定。

戶外廣告看板亦復如此。每一個設置場所及大小高度都訂有標準，也在色彩及設計上輔導業者並提供相關建議。例如，廣告看板的背景顏色過於華麗，輔導業者改為其他顏色，實際上也曾發生過要求業者變更的事例。另外，為提昇市民對景觀的關心及注意，以及認為有必要讓市民學習對景觀正確的認識及加強市民間的合作，每年都派遣市民到景觀都市的先進國家－新加坡去參觀，讓他們學習以花園城市聞名的新加坡的各種景觀政策，進而提昇對景觀的認知。

如上所述，宮崎市正透過「打造國際級觀光渡假都市」、「打造大型運動都市」及「打造景觀都市」等具體作為，並配合豐富的

自然景觀及觀光資源，以及都市內擁有機場等利多條件，積極的推動都市再造計畫。

最後，在貿易往來方面，宮崎與台灣之間，從宮崎出口到台灣的金額約為96億日圓，主要產品以半導體等電子零件佔大多數。另外，宮崎從台灣進口約86億日圓，主要物品以高爾夫球具的零組件為主。目前雙方的進出口貿易是以工業產品為主，輸送管道也以經由關西機場或福岡機場等宮崎機場以外的機場為主，不過今後隨著宮崎機場國際航線及航班的增加，以及貨物處理能力的充實，宮崎市引以為傲的農產品等生鮮食品，希望有機會能夠提供給海外廣大的人士享用。

此外，今年5月22日到6月8日，在台北市的超級市場也將舉辦宮崎縣物品產，屆時敬請各位貴賓務必賞光。

宮崎機場，與參加本次研討會各位先進都市的機場相比算是小規模的機場，但是作為地方機場，可說已充分發揮其功能。宮崎機場今後將成為「空中玄關」，宮崎市的「門面」，都市再造後將重現雄風。目前，台北及宮崎每週三及週六都有班機，未來有機會的話，敬請各位貴賓能夠到宮崎市來觀光旅遊。

以上，個人謹就宮崎機場的概況，以及如何活用機場再造宮崎市，簡單向各位做一個說明。

謝謝各位的聆聽。謝謝大家。

【解析】

　　從上面兩個示範演練的例子，相信讀者諸君也可看出有些部分並不盡然的照字面上去傳譯。畢竟中日文結構不一，講話的習慣、表達的方式各異，不能一味的照搬文字，而必須要將該段落的重點傳譯出來。此即，口譯不是文字的搬家，而必須是真正的語言理解者的原因了（通訳（つうやく）は言葉（ことば）の引越（ひっこ）しだけではなく、真（しん）の言葉（ことば）の理解者（りかいしゃ）でなければならない）。

　　當然，各位從所提供的示範譯稿中也可看出，某些部分適當的增譯，也就是補說話者不甚清楚的部分，或者是重複前面出現的名詞，以增加聽者對前後文的連慣性都屬必要。此外，像數字是做同步口譯時最容易犯的錯誤，此時搭檔如能在旁適時的協助，相信對數字的傳譯會非常有幫助。還有，如同上面示範演練稿中出現的專有名詞，如地名或機關的名稱，如果知道中文怎麼講當然沒問題，如果不知道時可照其原文的發音複述，而不需要硬將其翻譯成中文，如此反而會弄巧成拙。

　　如同前面所講，要將同步口譯進行的過程形諸於文字本已失真，真正在做的時候也絕對不會像示範演練中所提供的中譯稿那麼流暢，所以希望學習者能夠邊聽錄音CD，邊練習翻譯看看，或許那時就能體會從日文翻成母語的中文，並沒有想像中那麼容易。所謂「如人飲水，冷暖自知」，凡事親自體驗，走過一回才知真價。

　　口譯工作可說是五花八門，無所不包，無所不含。也正因為如此，這個工作才充滿挑戰，適合好奇心強又喜歡冒險且崇尚自由的人來擔任。

　　在筆者曾經做過的典禮形式的同步口譯，可說是無奇不有，超乎各位的想像。例如，台塑集團董事長王永慶先生的告別式，竟然需要動用英日語同步口譯來進行，這也是筆者生平第一次做喪禮的同步口譯。當然，王永慶先生廣受世人尊崇又是令人感傷的喪禮，在口譯進行的過程中，不知不覺中也感染到些許哀傷的氣息，算是筆者個人口譯生涯中非常奇特的經驗。此外，像在台跨國企業成立幾週年的慶祝大會或頒獎典禮，或介紹企業的社會責任（CSR）等型態的同步口譯筆者也都曾參與過。該等型態的同步口譯，有時要邊看影片邊幫旁白進行同步口譯，有時影片還國台語夾雜，算是非常奇特的口譯經驗。

　　總之，無論任何形式的口譯工作，要做得稱職愉快無非是要充分準備，包括事前的資料閱讀及專門術語、單字的查詢，以及典禮的流程及與會者的頭銜等都要事先弄清楚才行。

　　以下，試舉兩例典禮同步口譯的範例及應注意事項，提供學習者作為參考之用。

❀ ∘ ∘ ❀ ∘ ∘ ❀ ∘ ∘ ❀ ∘ ∘ ∘ ❀

【典禮 中→日 同步口譯示範演練】

◇ 中文原稿

　　草間總裁、關谷社長及各位貴賓、各位女士、各位先生：大家

晚安、大家好！

　　阿扁今天非常榮幸來參加台灣愛普生科技成立20週年的週年慶，愛普生是日本知名手錶製造商精工集團的子公司，而精工則是已經成立121年的老牌公司。事實上，日本的愛普生也有60年的歷史，所以愛普生不管是在日本，或是在台灣，都是秉持著永續經營理念的公司。雖然20年並不是一段很長的時間，但台灣在過去的20年，幾乎在每一個方面都發生全面性的改變，在走過共同的歷史歲月之後，阿扁希望愛普生繼續增加對台灣的投資，不但立足台灣，更要深耕台灣，一同與台灣的科技產業成長茁壯。

　　愛普生不僅在台灣享有非常好的口碑與業績，同時也在台灣成立了國際採購中心，今年的採購金額將超過新台幣100億元。當大量的外資不斷湧入中國大陸的時候，愛普生決定將亞太地區的採購總部設在台灣，顯示愛普生對台灣產業發展的信心與承諾。至2005年，預估採購的金額將成長到300億台幣，而採購項目也將涵蓋資訊通訊、半導體及其他的光電產品。

　　除了採購之外，自2002年起，愛普生也加強台灣在光電技術方面的研究與設計，第一年就創造了12億台幣的營業額。更令阿扁感到高興的是，愛普生將陸續投資5億新台幣在台灣成立「光電技術中心」，從事更高附加價值產品的技術開發。我們現在正積極打造台灣成為「綠色矽島」，愛普生所提倡的綠色科技，不但是符合時代需要的高科技，更是節省能源又環保的產品，正是台灣最歡迎的企業。

最後，阿扁要恭喜台灣愛普生科技生日快樂，並感謝愛普生對台灣長久以來的支持與協助，預祝台灣愛普生在下一個20年裡事業順利、欣欣向榮，同時也祝福全場所有的貴賓與朋友們，身體健康、萬事如意。謝謝大家！

◆ 日文同步口譯示範演練

(MP3 04-17)

　　草間総裁、関谷社長及びご列席の貴賓の皆様、今晩は。

　　本日、台湾エプソンテクノロジーの創設20周年の祝賀大会に参加できたことを非常に光栄に思っております。エプソンは日本の有名な時計メーカー、セイコーグループの子会社で、セイコーはすでに121年の歴史がある老舗です。実は、日本エプソンもすでに60年の歴史があります。ですから、エプソンは日本においても、台湾においても、持続可能な発展の理念を持っている会社だと言うことができます。20年は長い時間とはいえませんが、台湾はこの20年間に、あらゆる方面において全面的な変化がありました。共通の歴史的歳月を歩んだ後、私はエプソンがこれからも引き続き台湾に対する投資を増加し、台湾に立脚するだけではなく、台湾をさらに深く耕してほしいと願っており、台湾のハイテク産業とともに一緒に成長して行きたいと希望しています。

(MP3 04-18)

　　エプソンはこちら台湾で大変素晴らしい評価と実績を上げ、同時に台湾において国際調達センターを設置し、今年の調達金額は

100億台湾元を越える見通しだと聞いております。大量の外資が
どんどん中国大陸に入っているときに、エプソンがアジア太平洋
地域の調達本部を台湾に据え置いたことは、エプソンの台湾産業
の発展に対する信頼と承認を意味しています。2005年までに、
調達の金額は300億台湾元まで成長する見通しであり、調達の品
目もＩＴ通信、半導体とその他のLCD製品に及んでいるとのこと
です。

　調達のほか、2002年から台湾の光エレクトロニクス技術に関
する研究と設計をも強化しており、最初の一年目には12億台湾
元の売上を創出しました。大変喜ばしいことはエプソンがこれか
ら５億台湾元を投資して、台湾に「光エレクトロニクス技術セン
ター」を設置し、高付加価値製品の技術開発に取り組んでいくと
いうことです。我々は現在積極的に台湾に「グリーンシリコンア
イランド」を構築しようとしています。エプソンが提唱している
グリーンテクノロジーは時代のニーズに合致するハイテクである
というだけではなく、省エネとエコロジーに符合する製品でもあ
り、まさに台湾が最も歓迎する企業の代表格です。

(MP3 04-19)

　最後になりますが、台湾エプソンテクノロジーに改めて誕生日
お祝いの意を伝え、長期にわたる台湾へのご支持とご協力に感謝
申し上げます。台湾エプソンがこれから先20年も、益々順調で繁
栄することをお祈りするとともに、ご来場の皆さんのご健勝、ご

多幸をお祈りします。どうもありがとうございました。

❈ 。。❆。。◦ ❋ 。◦。❆。。◦ ❈

【開幕致詞 日→中 同步口譯示範演練】

◉ 日文原稿

(MP3 04-20)

　皆さん、今晩は。この度はご多忙の折、「東急ホテル感謝パーティー」にご出席賜り、誠にありがとうございます。私ども東急ホテルズは日本国内における東急グループのホテルチェーンとして、一昨年４月に旧東急ホテルチェーンと旧東急インチェーンが統合して、東急ホテルズとして誕生いたしました。東急ホテルズは日本全国に59のホテルを持ち、総客室数では約15,000室、またお客様のニーズに合わせて東急ホテル、エクセルホテル東急、東急イン、東急リゾートの四つのブランドで運営しております。

　さて、昨年度も本日ご出席の皆様から多くのお客様をご送客頂きありがとうございました。新型インフルエンザという逆風の中、ご送客いただきましたこと、改めて御礼申し上げます。誠にありがとうございました。

(MP3 04-21)

　東急ホテルズとしては一昨年に続き２回目となりますが、今回もこのような形で多くの皆様と商談と懇親を深める機会を設けることができましたことを大変嬉しく思っております。皆様と今後

さらに有意義なパートナーシップを深め、双方に発展していくことを切に希望いたします。

最後になりますが、今回こちらの会場ともなっております国賓大飯店様と我々東急ホテルズは相互の発展のため、それぞれ地盤としております台湾と日本において新たな形で販売促進等を行う協力関係を築いていきます。これからも国賓大飯店様のお力添えをいただき、今後ますます東急ホテルズというブランドがここ台湾に告知され浸透し、また皆様方からの更なるご送客をいただけることを心より祈念し、開会の挨拶とさせていただきます。どうもありがとうございました。

◆ 中文同步口譯示範演練

各位貴賓，大家晚安。首先，非常感謝各位貴賓在百忙之中，撥冗出席今晚的「東急大飯店集團感謝酒會」。日本東急大飯店集團是在前年4月，將舊東急連鎖飯店與東急Inn chain整合成立的連鎖飯店集團。東急大飯店集團在日本共擁有59家飯店，客房數高達一萬五千間。此外，為配合客人不同的需求，目前我們是以東急飯店、Excel 東急、東急Inn，以及東急渡假飯店等四個不同的品牌在經營。

去年承蒙各位在場貴賓的鼎力相助，介紹許多旅客至東急飯店集團住宿。另外，雖然發生新型流感業績受到波及，但是敝飯店集團仍有機會接待許多台灣的貴賓，個人要再度表示感謝之意，謝謝大家。

東急飯店集團繼前年之後，這一次是第二次有機會用如此盛大的方式，與台灣各界人士進行招商及舉辦感恩酒會，個人感到非常的高興。個人也衷心期盼，貴我雙方今後能建立更有意義的合作伙伴關係，彼此能夠穩定向前發展。

　　最後，希望我們今天酒會主辦場地－國賓大飯店與東急飯店集團間，為彼此將來的相互發展，能在各自的地盤，也就是在台灣與日本間建立新形式的合作結盟關係。個人也衷心期盼今後能獲得國賓大飯店的鼎力協助，讓東急飯店這一個品牌能廣為台灣各界人士認識，並由衷亟盼各位貴賓能介紹更多的台灣旅客至東急飯店集團住宿。以上是個人簡單的致詞，敬祝各位貴賓，身體健康，萬事如意。謝謝。

❀ ° ₀ ₀ ❄ ₀ ° ❋ ＊ ₀ ₀ ❄ ₀ ₀ ° ❀

【解析】

　　上述示範演練例子，因係照稿傳譯，從文面上看與做逐步口譯幾無不同，所差者只是逐步口譯是等講者講一段落後才翻譯，而同步口譯則是配合講者講話的速度及口吻，將其各自傳譯成日文或中文罷了。

　　無論如何，吾人當可發現除了口譯員的實力及技巧各自不同外，口譯工作能否做的自然及順暢，極大一部份是視口譯員對語言的理解能力，以及是否能掌握關鍵的詞彙及字句而定。相信口譯員在工作時也常苦惱於當下找不到適當的詞彙來描述或形容講者所要表達的概念或要傳達的訊息，所謂「書到用時方恨少」，正是如此。當然，我們也常看到經驗老道的口

譯員，遇到不會的單字時，會用不同的形式或轉個彎的方法來形容，而不會死板板的僵硬在那裡。我想這就是所謂ノウハウ（秘訣）或是コツ（訣竅）了。有關上述兩例的翻譯，敬請讀者仔細比對原文，或是利用筆者所提供的範例自行演練，而不要一味仰賴所提供的傳譯示範，相信各位讀者一定會有更深一層的體會才對。

　　以下，謹提供美國商業週刊（ビジネスウィーク），2008年版所公布的全球百大企業品牌前25名的排行榜，作為學習者參考運用。真正做口譯最困擾的往往是乍聽之下非常熟悉的名字，可是要用的時候卻又想不起它真正的講法，而其中最常見的就是有名企業的名字及其拼音了。

❈ ﾟ｡.❈.｡ﾟ ❈ ❈ ﾟ｡.❈.｡ﾟ❈

◎全球百大品牌排行榜（2008年版）之前25名◎

1. 可口可樂（美）　　コカコーラ（米）

2. IBM（美）　　IBM（米）

3. 微軟（美）　　マイクロソフト（米）

4. GE－通用汽車（美）　　GE（米）

5. 諾基亞（芬蘭）　　ノキア（フィンランド）

6. 豐田汽車（日）　　トヨタ自動車（日本）

7. 英岱爾（美）　　インテル（米）

8. 麥當勞（美）　　マクドナルド（米）

9. 迪士尼（美）　　ディズニー（米）

10.Google（美）	グーグル（米）
11.賓士汽車（德）	メルセデスベンツ（独）
12.惠普（美）	ヒューレット・パッカード（米）
13.BMW（德）	BMW（独）
14.吉列（美）	ジレット（米）
15.美國運通（美）	アメリカンエクスプレス（米）
16.路易威登（法）	ルイヴィトン（仏）
17.思科（美）	シスコ（米）
18萬寶龍－菸草（美）	マールボロ―タバコ（米）
19.花旗銀行（美）	シティーグループ（米）
20.本田汽車（日）	本田自動車（日本）
21.三星電子（韓）	サムスン電子（韓）
22.H&M（瑞典）	H&M（スウェーデン）
23.甲骨文（美）	オラクル（米）
24.蘋果電腦（美）	アップル（米）
25.索尼（日）	ソニー（日本）

【幕後花絮】
～エピソード～

　　本節前言提及，筆者曾幫台塑集團王永慶董事長之告別式做過同步口譯，相信許多人透過電視畫面仍記憶猶新。除王永慶的子女輪番上陣述說王永慶的生平事蹟及豐功偉業並帶頭唱詩歌外，印象最深刻的莫過於王永在老先生，雖然有事先提供口譯員悼詞，但或許是由於過度哀傷，根本聽不懂他在唸什麼，而且老先生又是用台語念出來的，與筆者搭檔的口譯員因聽不懂台語，所以只得全程由筆者擔綱，但也只能照著提供的悼詞，翻個大概的意思而已。尤其各界的悼詞都是文字優雅、平仄對稱工整的八股文，要將其翻成日文實在是難如登天。

　　另外，該場告別式讓人永難忘懷的是，卸任總統不久的阿扁前總統也出席，斯時已是弊案鬧的沸沸揚揚的時刻，前後任總統緊鄰而座，王作榮前監察院長上台致詞時，即語帶雙關藉王永慶的剛正不阿、清廉、不徇私、不舞弊的風骨狠狠的調侃、諷刺了阿扁一番，讓所有在場人士莫不露出會心的微笑。這也是筆者截至目前為止所做過最奇特的同步口譯，真的是讓人永難忘懷。

● 三、視訊會議同步口譯的演練及示範

　　拜科技之賜，現代人即使相隔千里，仍可透過視訊會議（テレビ会議）的方式，達到千里姻緣一線牽的目的。尤其是我國外交處境艱困，有時不方便出席某些重要場合或與國外政要溝通時，便可透過視訊會議的方式彌補其遺憾。網路世界真的是無遠弗屆（ユビキタスネットワークな社会），化腐朽為神奇，化不可能為可能。

　　然而，視訊會議的同步口譯卻讓人壓力倍增，望而卻步。原因無它，一來深怕機器半途出狀況或收訊不良；二來雖可看到影像，總覺像是隔空抓藥，有點不太牢靠的惶恐。

　　筆者過往曾參與過元首與日本國會議員及媒體的視訊會議傳譯工作，以及台日間有關電波干擾迴避對策的視訊會議。尤其是碰到爭議極大，雙方主張南轅北轍的時候，又用視訊會議的方式進行，真的有隔空交戰，砲火雖猛烈卻擔心翻譯不夠準確會損及國家利益，那就罪無可赦了。有時還真覺得口譯工作是一招半式闖江湖，只要臉皮夠厚、膽量夠大，再加上一點實力還真可闖出名堂來。當然這只是姑妄言之妄聽之當不得真。事實上，運氣也要靠實力才能堆積起來的（運も実力次第）。

　　以下，僅提供乙則視訊會議講稿，作為學習者參考演練之用，並希望能照前面幾講中所提到的練習方法，各位看官依樣畫葫蘆，自行演練看看。

三、視訊會議同步口譯的演練及示範

【視訊會議同步口譯示範演練】

◆ 中文原稿

　　主持人中嶋校長、主辦單位西川所長、我們敬愛的平沼赳夫會長、中川昭一會長、池田元久會長、許世楷代表、各位媒體朋友、以及各位女士、先生：大家早安、大家好！

　　今天非常高興能再次藉由視訊的方式，與各位日本的好友對談，首先本人要向促成及參與今天這場會議的好朋友及工作伙伴們，表示由衷的感謝與敬意，同時也希望透過日本的媒體，傳達二千三百萬台灣人民向貴國人民誠摯的問候與祝福。

　　近兩、三個月以來，整個東亞的安全情勢發生很大的變化。七月初，北韓向日本鄰近海域試射飛彈。九月底，日本國會選出安倍先生擔任新的首相並組成新的內閣。十月上旬，安倍首相先後訪問了中國及韓國，而在抵達韓國的同時，北韓以公然挑釁、誇耀武力的姿態進行了首次的核武試爆。

　　這一連串的事件對整個東亞區域的安全與穩定，乃至於對世界的和平都有非常深遠的影響，而朝鮮半島嚴峻的情勢也促使台灣與日本等鄰近國家，必須嚴肅思考該如何共同面對此一全新的發展與挑戰。

　　針對北韓於10月9日上午所進行的核武試爆，本人於當天下午即發表聲明表示最嚴厲的譴責，並籲請國際社會予以必要的制裁。台灣政府也立即採取行動，配合聯合國安理會的決議，積極對北韓進行金融管制、經貿監控，以及人、貨、船隻與飛行器的限制，善盡

台灣做為亞太民主社群一員應有的責任與義務。

目前朝鮮半島緊張對峙的情勢，正由相關各國進行斡旋中，努力尋求和平解決之道。對此，本人也要呼籲國際社會，必須對台海潛藏的軍事威脅予以相同的關注與重視，積極促成類似「六方會談」多邊對話平台的形成，進一步強化並充實東亞集體安全的機制。

去年的二月十九日，經由許多人的努力，使得在當時所舉行的「2＋2美日安全諮商會議」，首次將台海和平納入美日共同戰略目標之一，對此本人要向美日兩國政府表示由衷的感謝。

雖然東西兩大陣營的冷戰，隨著二十世紀的結束也一同走入歷史，但人類對和平的需要沒有比現在更為迫切。美國的首都華盛頓有一座韓戰紀念碑，上面刻著「自由不是免費的」（Freedom is not free），必須用血和淚去捍衛。同樣的，和平也不是免費的，歷史的事實證明，如果沒有強大的自我防衛力量與堅實的國防武力做後盾，任何的和平協定都只是供侵略者撕毀之用，都只會淪為一紙的空話。

美國國防部於去年七月公布「2005年中國軍力報告」中，首次明確的指出台海軍事的均衡已經向中國傾斜，而美國國會「美中經濟及安全檢討委員會」於日前所審查的年度報告初稿中，更指出中國許多先進武器系統將於2008年前後完成佈署，而美國賴以抗衡的力量要到2015年才能形成，2008至2015年之間將面臨一個危險的空窗期。這樣的結論不但對台灣，也是對所有中國周邊的國家，包括

日本在內，一個非常嚴重的警訊。

　　半個世紀以來，台灣始終籠罩在中國武力威脅的陰影之下，沒有人比台灣人民更渴望和平。今天台海和平最大的障礙在於中國堅持一黨專政獨裁統治的本質，這是全世界所有愛好和平、崇尚民主、自由與人權的國家所必須共同面對與承擔的課題，台灣會信守承諾積極的強化自我防衛的力量，並對維持台海和平的現狀盡最大的努力，但我們更期待國際社會要正視台海問題的本質，為開創一個更民主、更和平的世界共同奮鬥。

　　台海的情勢充滿了困難的挑戰，但是我們從安倍首相成功的訪問中國與韓國得到了寶貴的啓示，那就是只要本於誠心、善意與相互的尊重，彼此之間所存在的諸多歧見依然是可以化解的。日本與中國能夠求同存異，相信兩岸也可以擱下成見，在沒有任何預設前提下，重啓對話。

　　而國際社會對安倍首相此次訪問中國的高度肯定，充分顯示國際社會對日本的期待。日、中同為亞太區域重要的國家，兩國領袖能直接見面交換意見，對化解緊張情勢並修補關係有很大的幫助。就如同「911事件恐怖攻擊」之後，日本國會陸續通過各種法律，以實際行動支持全球反恐作為，積極貢獻國際社會，讓世界各國對日本的敬重與日俱增，日本已是名副其實的國際社會領袖。

　　在經濟方面，日本已脫離90年代所謂「空白的十年」而展開強而有力的景氣復甦，而日本所倡議的東亞經濟整合及亞洲經濟研究機制等，我們都予以高度的關注，並衷心期望能與日本共同合作，

攜手締造亞太地區經濟的榮景。

另外，日本在政府開發援助（ODA）方面，依然維持世界最大援助國的地位，令人非常的感佩。尤其於今年五月間，日本於沖繩舉辦了「第四屆日本與太平洋島國論壇峰會」，達成日本將提供450億日圓的贈款與貸款，以及協助培訓4000名政府人才等決議，與台灣近年來積極與南太平洋的友邦國家合作，透過多邊合作計畫，提供經濟與人道援助的理念相符，希望未來台日之間能有機會一起合作，共同協助太平洋島國的發展與建設。

台日之間有著非常深厚的歷史友誼，兩國人民不但為相互的文化所吸引著，在經貿往來、學術交流及產業合作等方面更有著密不可分的關係，這是進一步發展兩國之間實質關係最重要的基礎。

很多台日雙方的政界領袖與民間人士，普遍認為目前是台日兩國斷絕正式外交關係34年以來，關係最密切也最友好的階段。在此，除了要向日本政府及小泉前首相在反對中國制訂「反分裂國家法」、給予台灣觀光客免簽證待遇、支持台灣參與「世界衛生組織」（WTO），以及積極促成台日相互承認國際駕照等方面所給予的協助，表示由衷的謝忱與感佩外，同時也要對各位在座的國會議員朋友、學者專家及旅日的鄉親們，長期對強化台日關係所做的努力與貢獻，致上最誠摯的感謝與敬意。

透過視訊的方式，台北與東京可以做到完全的零距離，但受限於現實的因素，台北與東京之間又是那麼的遙遠，今天只能在空中與大家見面、晤談，顯示台日之間還有許多需要努力與奮鬥的地

方，但本人深信在大家熱情的參與和積極的推動之下，台日友好的關係必將歷久彌新、情誼永固。

最後，敬祝台日兩國國運昌隆，各位先進、朋友及貴賓們，身體健康、萬事如意。謝謝大家！

◆ 視訊會議－日文同步口譯示範演練

（MP3 04-22）

本日テレビ会議の司会を務めてくださっている中嶋学長、主催機関の西川所長、敬愛する平沼赳夫(たけお)会長、中川昭一会長、池田元久(もとひさ)会長、許世楷(きょせいかい)代表、マスメディアの皆さん、ご列席の皆さん、おはようございます。

再度テレビ会議の形を通じて、日本の友人と対談することができて、非常に嬉しく思っています。まず最初に、今回のテレビ会議実現に向けてご尽力くださった友人及びスタッフの皆様に、心から感謝と敬意を表します。それと同時に、2300万の台湾住民の、貴国人民に対する心からのご挨拶と祝福の意を伝えたいと思います。

ここ2、3ヶ月の間に、東アジア全体の安全情勢には大きな変化がありました。7月初め、北朝鮮が日本の近隣海域に向けてミサイル発射演習を行いました。9月末ごろ、日本の国会は安倍閣下を新しい首相に選出し、安倍政権を正式に発足させました。10月上旬、安倍総理は中国と韓国を相次いで訪問しましたが、総理が韓国に到着すると同時に、北朝鮮は挑発的に武力を誇示する姿

勢で核実験を実施しました。

（MP3 04-23）

　この一連の事件は、東アジア全体の平和と安定及び世界の平和に対して、非常に深刻な影響を与えました。一方、朝鮮半島の厳しい情勢も台湾や日本などの近隣諸国が、この新しい展開と挑戦に、どうやって共に立ち向かうべきかを厳粛に考えるきっかけともなりました。

　北朝鮮が10月９日午前に核実験を実施したことに対して、私はその日の午後すぐ声明を発表し、最大級の非難を表明するとともに、国際社会に必要な制裁を講じるべきであると呼びかけました。台湾政府も直ちに行動を取って、国連安全保障理事会の決議に合わせて、積極的に北朝鮮に対する金融規制や経済貿易活動のモニタリング、及び人員、貨物、船舶、航空機などに対する規制体制を敷いて、台湾のアジア太平洋デモクラシーコミュニティーの一員としての責任と義務を果たすことに努めました。

　現在、朝鮮半島の緊張的対峙の情勢については、関係諸国が間に入り、最大限の努力をして平和的な解決策を模索しています。私はこの場を借りて、台湾海峡の潜在的に存在している軍事脅威に対しても、国際社会は同じように関心を払い、それを重視する必要があるということを呼びかけたいのです。国際社会が積極的に「六カ国協議」のような多国間対話のプラットホームを形成し、一歩進んで東アジアの集団安全メカニズムを強化して充実さ

せなければならないと思うのです。

（MP3 04-24）

　昨年の２月９日、多くの方々の努力によって、「２＋２日米安全保障協議」が、初めて台湾海峡の平和を日米両国の共同戦略目標の一つに盛り込みました。これに対して、私は日米両国政府に衷心より感謝の意を表します。

　東西両陣営の冷戦は、20世紀の終焉とともに、過去の歴史となりましたが、人類の平和に対する切望が現在ほど緊迫していることはありません。アメリカの首都ワシントンDCには朝鮮戦争戦没者慰霊碑があり、その上には「自由はただではない（Freedom is not free）」と書いてあり、血と涙で守らなければならないことを訴えています。同じように、平和もただではありません。強大な自己防衛の力と堅実な国防力の後ろ盾がなければ、如何なる平和協定も、侵略者に破られるために提供されるものでしかなく、ただ一切れの紙に書かれた空論にすぎないものであることは歴史が証明しています。

（MP3 04-25）

　アメリカ国防総省は昨年の７月に公表された「2005年中国軍事力レポート」の中において、初めて台湾海峡の軍事バランスが次第に中国に傾いていることを明確に指摘しました。さらに、アメリカ国会の「米中経済安保調査委員会」は、このほど審査した年次報告書において、中国の多くの最新鋭兵器システムが2008

年前後に配備されること、しかし、それに対抗するアメリカの軍事力は2015年に完成する予定で、2008年から2015年の間に危険な空白を作り出す恐れがあることを指摘しました。このような結論は台湾だけではなく、日本を含む中国の周辺国家に対して非常に深刻な警告であります。

　半世紀以来、台湾は終始中国の武力侵攻の脅威にさらされており、台湾の住民ほど平和を切望している人々はいません。今日、台湾海峡の平和の最も大きな障壁は中国が一党独裁体制を堅持しているという点にあり、これは全世界の平和を愛し、民主、自由、人権を尊ぶ国が共同で立ち向かい、解決していかなければならない課題であります。台湾は自己防衛の力を強化し、台湾海峡の現状維持に対して最大限の努力を尽くしてまいりますが、国際社会にも台湾海峡の本質的な問題を正視してもらい、更に民主的で平和な世界を作り出すために、ともに頑張って行きたいと願っています。

(MP3 04-26)

　台湾海峡の情勢は困難に満ちていますが、我々は安倍首相が中国と韓国を成功裡に訪問したことから貴重な啓示を得ました。それは即ち、誠意と善意、そして相互尊重に基づいて事を行えば、お互いの食い違いは必ずや解消できるということです。日本と中国が同を求めて異を捨てることができるのであれば、海峡両岸も先入観を取り除き、如何なる前提条件をも取り払った状況におい

て、対話を再開できるはずであると信じています。

　国際社会が安倍首相のこの度の中国訪問を高く評価したことは、国際社会の日本に対する期待が十分に表された結果だと思います。日中両国はともにアジア太平洋地域の重要国家であり、両国の指導者が直接会って意見交換ができたことは、両者の緊張緩和と関係修復に大きく役立ったと思います。「911テロ事件」後、日本の国会が相次いで各種の法律案を通過させ、実際の行動でグローバルな反テロ戦争を支持し、積極的に国際社会に貢献していることから、世界各国の日本に対する尊敬も日増しに高まってきています。日本がすでに名実ともに国際社会のリーダーとなっていることを疑う余地はありません。

（MP3 04-27）

　経済面においては、日本はすでに90年代のいわゆる「失われた10年」から抜け出して、力強い景気回復を展開しています。日本が提唱している東アジア経済共同体とアジア経済研究メカニズムなどの提案については、私どもは大いに注目しており、日本と共同し、手と手を携えてアジア太平洋地域の繁栄と発展に取り組んで行けることを心より切望しています。

　日本はODA政府開発援助の面において、依然として世界最大の支援国の地位を保っており、私どもの敬服するところであります。特に、今年5月に、沖縄で「第4回日本・南太平洋フォーラムサミット」を開催し、日本が450億円にのぼる無償援助と円借

款を行い、また4000名の政府関係者を育成するという決議を採択しました。これは台湾が近年、積極的に南太平洋の国交国と協力して、二国間または多国間の協力プロジェクトを通じて、経済及び人道的な援助を提供するという理念と合致しています。今後ぜひ台日間がそのようなチャンスに恵まれ、連携しながら共同で南太平洋島嶼国の発展と建設を手助けできることを希望しています。

(MP3 04-28)

　台日間には非常に深い歴史的な絆があり、両国人民はお互いの文化にひきつけられており、また経済貿易の往来や産業協力、学術交流などの面においても、切っても切れない関係にあります。これは両国の実質的、友好的な関係をより一層発展させるための最も重要な基礎であると思います。

　台日両国が正式な外交関係を断絶して34年来、現在両者は関係が最も密接で友好的な段階にあると台日双方の多くの政治家及び民間の人々が見ています。ここにおいて、日本政府と小泉前首相が中国の「反国家分裂法」制定に反対し、また台湾人観光客に恒久的なノービザ入国の優遇措置を与えてくださったこと、台湾の「世界保健機関（WHO）」への参加を支持し、また積極的に台日両国の免許相互承認の実現へ向けてご協力くださったことに対して、心から感謝の意を表するとともに、ご列席の国会議員の先生方、学者、専門家の皆様方、及び日本在住の華僑の皆様方が、

長期にわたって台日関係の強化にご尽力・ご貢献くださったことに対しても、心から感謝と敬意を表します。

(MP3 04-29)

テレビ会議という方式によって、台北、東京間の距離を完全にゼロにすることはできますが、様々な政治的要素に制約されている現実に目を向けると、台北と東京の間はこんなにも遠いのかという気もします。本日は回線を通じて皆様方とお目にかかり、会談することしかできません。これは台日間にはまだまだ努力・奮闘が必要なところがたくさんあることを示しています。しかしながら、私は皆様方の熱心なご参与と積極的な推進のもとにおいて、台日の友好関係がこれから更に発展し、ますます堅固たるものになることを確信しています。

最後に、台日両国国運の益々の隆昌と、ご列席の皆様方のご健勝、ご多幸を祈念しまして、私の開会の挨拶と代えさせていただきます。どうもありがとうございました。

❄ ○ ₒ ₒ ❆ ₒ ₒ ° ❄ ° ₒ ₒ ❆ ₒ ₒ ° ❄

【解析】

上述所提供的視訊會議同步口譯講稿，只是整個視訊會議進行的一小部分而已，其他還包括與談人的致詞及提問，以及與會人員的Q＆A，然限於篇幅及技術問題，僅羅列有稿致詞的部分，提供學習者作為練習的依據。

上述視訊會議致詞稿，較偏重於國際關係及政治議題，當然其中亦有軍事用語及機關名稱等專有名詞，口譯員在拿到諸如此類的致詞稿或資料時，應先上網查詢相關用語及瞭解其背景知識。總之，口譯員能否稱職扮演好工作角色，關鍵仍視有無隨時吸收新知，以及時時補充自己的單字庫及相關資訊而定。

有關單字語彙的加強，敬請參考筆者另一本拙著『常見中日時事對照用語』（鴻儒堂出版）。該書已分門別類，將常見的用語，以中日對照的形式呈現，舉凡政治、經貿、社會、科技、醫學美容、環保、軍事，以及俚語、俗語、成語、機構名稱、人名、地名等皆已羅列，相信能提供學習者些許參考價值。

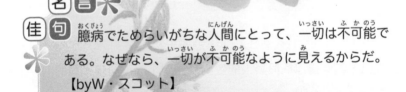

【幕後花絮】

〜エピソード〜

　　記得在做上述視訊會議時，由於是筆者初次幫阿扁總統做視訊會議的傳譯工作，故頗為緊張。斯時擔任總統府副秘書長的劉世芳小姐見筆者頻頻上廁所，還調侃筆者說你也會緊張呀！這就是個人命運大不同，台上與台下的人壓力單位不可同時而語，不明究裡的人會以為口譯沒什麼嘛！反正就是發言者講什麼就翻什麼就好了。

　　事實上，當日不單只是筆者緊張而已，阿扁總統結束後與筆者握手慰勞辛苦時，我發現阿扁總統也是手心冒汗，可見斯時渠亦是處於高度緊張的狀態。很多事情不身歷其境，只是霧裡看花容易失真。期勉有志於口譯工作的人，要有勇氣克服內心的恐懼，要有膽量接受外來的挑戰。勇往直前，心無罣礙，無有恐懼。

名言
佳句　生きることの最大の障害は期待を持つということである。それは明日に依存して、今日を失うことである。
【byセネガ】

　　人活著的最大障礙就是懷抱期待，然後依賴明天，遺落今天。【塞尼加】

● 四、同步口譯練習帳（一）、（二）

　　筆者前面曾提及，未經過實踐檢驗的理論只是空談。因此，最好的練習就是直接接受考驗。

　　事實上，就筆者瞭解現在網路上有所謂的「オンライン通訳教室」，學習者可上網進行口譯練習，其題材大都是以日本媒體的報導新聞為主，除此之外筆者個人也推薦日本NHK節目，大概是台灣時間晚上六點半至七點播出的「クローズアップ現代」，該節目主要是針對日本現今發生重大的議題進行較深入的探討。有興趣的學習者不妨將其錄音下來進行練習，相信對聽力及許多當下關心議題的用法會有不錯的收穫才對。

　　以下僅提供兩則中到日，以及日到中同步口譯的練習題，作為學習者自我演練之用。下列兩則練習題中，筆者僅在解析部分提供相關單字及特殊用語供學習者參考，並不會像前面幾講那樣提供中日文對照的示範演練，敬祈學習者能養成不依賴，自行解決問題的能力。並請學習者邊聽CD反覆的練習到自己滿意為止，加油！

❀ ○ ˳ ˳ ❀ ˳ ○ ˚ ˳ ˚ ˳ ˳ ❀ ˳ ˳ ○ ❀

【日到中 同步口譯練習帳（一）】

◈ 日文原稿

(MP3 04-30)

　　みなさん、こんにちは。えーと、私は藤原由美子と申します。

　　皆様、ご存知のように、今日の女性の地位は、えー、なんと言いますか、女性の社会進出とともに、かなり見直されるようにな

って来ました。そして、女性の社会的な地位も保障されるように
なってきたのです。確か、おとといのことだったと思いますが、
「女性ＮＧＯフォーラム」がソウルで開かれました。その時に
も、日本からＮＧＯの関係者たちが参加したのですが、そのＮＧ
Ｏフォーラムの中では、女性の地位或いは職業による性差別の問
題もかなり取り上げられました。そこで、私は今日、皆様に、え
ー、女性の駆け込み寺についてお話をしたいと思います。

　パートナーから暴力や虐待を受ける女性が避難する一時保護施
設が日本でも誕生しています。えー、しかし、スイスでは1970
年ごろですか、そのころに生まれた民間施設の「女性の家」が数
多くの女性たちを保護してきました。

（MP3 04-31）

　女性を保護するだけでは限界があるのです。そうしますと、最
近は男性の悩みを支援する、「男性の家」の必要性も論じられて
きています。新しい局面を迎えつつあるスイスの一時保護施設の
現状をチューリッヒ在住のジャーナリストである私がここで皆様
に、このチューリッヒの状態を説明してみたいと思います。

　私はチューリッヒにかれこれ10年ぐらい住んでいました。そし
て、女性の駆け込み寺のほかにも、男性の家という、何ていいま
しょうか。男性の悩みを聞いてくれる家が設立されました。

　それでは、まず実際に起きた事件を紹介したいと思います。こ
ういうことがありました。これは1997年の７月２日の夕方、ド

チェルンというところにある女性のための駆け込み寺、えー、駆け込み寺って、つまり、女性の家、この女性の家が創立して10周年を迎えました。その10周年を記念した日に、まあ、100人ぐらい集まってパーティーをしたのですが、そのパーティーの席上で、この事件は起こりました。

(MP3 04-32)

　昼間からビールを飲んでいた36歳の男性が逃げた妻と子供の隠れ家を探し当てるのにさほどの苦労もなかったそうです。そして、その男性は用意した散弾銃で妻を射殺しました。その場に居合わせた女性4人の手や腰などにも発砲して自分から命を絶ったのです。この事件をきっかけに、スイスでは1997年に「虐待された女性とその子供を守る会」、これが発足しまして、首都のベルン、そしてジュネーブではじめて女性の家が誕生しました。その97年の4年後に、またさらに組織化が進みまして、女性の家は全国に広がっていきました。現在、パートナーから虐待された女性が一時的に身を寄せられる場所は、スイスでは全国で20か所以上にのぼっています。ですから、30年の歴史を持つチューリッヒの女性の家は、現在20人のチームによって運営されています。このチームの運営委員は、全員、福祉の専門教育を受けておりまして、現在女性45人とその子供12人の世話を行っています。助けを求めてきた女性の中には、子供を預け、そこから職場に付き添いなしで、通勤する人もいます。ここでは女性の自立を尊重し

て、まったくの隠れ家になってしまわないように、住民の出入り
は自由であります。

（MP3 04-33）

　この女性の家に身を寄せている女性はパートナーとの問題が解
決するまで、また、別の住居が見つかるまで滞在できるのです。
１年滞在する人もいれば、１日で出る人もいます。そして、入居
者は１日、30フラン、１フランが日本円で約80円、そして、子
供は20フランを払うことになっています。しかしですね、多く
は手に職を持たない主婦だったり、或いは失業中だったりするの
で、現実的には、この入居費も払えず、生活保護に頼っているの
が実情です。そして、この女性の家の運営は州や市町村の援助と
一般の寄付に頼っていますが、もちろん、到底これらの費用だけ
では賄いきれません。まったくの慢性化した赤字のままです。
　そして、この女性の家では、もう一つ大きな問題があります。
それは、家庭内暴力に悩む女性が助けを求めてきたら、誰でも受
け入れる姿勢で臨んでいますが、いつも収容できるとは限らない
という問題です。

（MP3 04-34）

　このように、スイスでは女性の駆け込み寺のごとき、女性の家
が設けられていますが、まだまだ現状としては大変なようです。
そのほかにも、男性の悩みで、男性援助組織、これはまだ試験的
に行っているのですが、いまのところ、組織同士の情報交換はな

いそうです。スイスは今家庭内暴力を女性と男性のそれぞれの立場から見つめなおそうとしているのかもしれません。

　台湾ではどうでしょうか。台湾におきます家庭内暴力や女性を一時的に保護する駆け込み寺などのことについて、ぜひ皆様の考えをも聞かせていただきたいと思います。

　以上、私の報告でした。ご清聴、どうもありがとうございました。

❀ ｡.｡❀｡.° ❀ ° ❀ ｡.❀ ｡.｡° ❀

【解析】

　上述日到中同步口譯練習題，筆者盡量還原講者上台時真正的講話方式，希望學習者能先聽CD錄音，自行先練習看看。另外，上文中出現許多地名，如同前面幾講介紹般，倘口譯員不曉得該地名的中文譯名，可以將該地名的日文發音直接照唸，如此暨可掩飾自己不知道的尷尬又可圓滿達成任務。

　現茲將上述練習題中，學習者可能較不熟悉的單字，以中日文對照的方式羅列如下：

❀ ｡.｡❀｡.° ❀ ° ❀ ｡.❀ ｡.｡° ❀

1.女性のＮＧＯフォーラム　　　　　女性NGO論壇

2. ソウル　　　　　　　　　　　首爾

　　ジュネーブ　　　　　　　　　日内瓦

　　チューリッヒ　　　　　　　　蘇黎世

　　ドチェルン　　　　　　　　　多杰倫（純音譯）

　　スイス　　　　　　　　　　　瑞士

3. 性差別（せいさべつ）　　　　性別歧視

4. 駆け込み寺（かけこみでら）　中途之家

5. パートナー　　　　　　　　　伴侶

6. 一時保護施設（いちじほごしせつ）　暫時保護設施

7. 男性の悩みを支援する（だんせいのなやみをしえんする）　協助男性解決困擾

8. ジャーナリスト　　　　　　　新聞記者

9. かれこれ　　　　　　　　　　前後，前前後後

10. 隠れ家（かくれが）　　　　　隱匿的場所

11. 探し当てる（さがしあてる）　找到

12. 散弾銃（さんだんじゅう）　　散彈槍

13. 居合わせる（いあわせる）　　在場

14. 身を寄せられる（みをよせられる）　棲身，暫時棲身

15. 付き添いなし（つきそいなし）　不用帶在身旁

16. 手に職を持たない主婦（てにしょくをもたないしゅふ）　沒有工作的家庭主婦

17. 生活保護（せいかつほご）　　生活救濟

18.市町村 (しちょうそん)　　　　　　　　鄉鎮公所

19.まったくの慢性化 (まんせいか) した赤字 (あかじ) のまま　長久以來一直都是赤字

20.見 (み) つめなおす　　　　　　　　重新檢視，重新思考

❋　∘∘❋∘∘❋∘❋∘❋∘∘❋∘∘❋

【中到日 同步口譯練習帳（二）】

◆ 中文原稿

　　家禾股份有限公司的李董事長、牛尾電機台灣分公司的田中社長、台灣三菱商社的小谷總經理，以及各位業界的先進、各位貴賓、各位女士、各位先生，大家好。

　　今天，本人非常的榮幸能夠受邀參加「家禾股份有限公司」成立30週年的慶祝大會，感謝主辦單位給予本人幾分鐘的時間，能夠上台表示祝賀之意。

　　家禾股份有限公司創立於1979年6月6日，迄今已有30年的歷史。聽說剛成立的第一年營業額只有新台幣500萬元而已，但截至去年為止營業額已經高達新台幣30億元，這30年來足足成長了60倍之多。剛剛我上台之前還在想，李董事長事業之所以能夠成功，除了有嫂夫人賢內助的幫忙之外，公司名字取得好恐怕也是一大原因。你看嘛！家和萬事興，公司名字叫家禾，怎麼會不興旺呢？俗話說「三十而立」，除了要再度恭喜李董事長所領導的家禾公司事業有成外，也要祝福家禾公司今後能夠更加的成長茁壯，邁向下一

個輝煌的30年。

敝公司－福爾摩沙機械股份有限公司，自從10年前與家禾股份有限公司策略聯盟，並獲得日本牛尾電機的技術轉移以來，現在所生產的四輪車、二輪車的零組件除供國內汽車大廠使用外，有部分零組件甚至也可以外銷。近幾年更將業務擴展到農業機械、建設機械、船舶機械等多元化零組件的生產上。

福爾摩沙機械股份有限公司這幾年來能夠有一點小小的成就，除了我們本身的努力以外，要歸功於在座各位業界先進的照顧，尤其是家禾公司及牛尾電機的鼎力相助，讓我們的產品能夠順利的打進日本市場。本人在此謹代表福爾摩沙機械股份有限公司，向家禾公司及牛尾電機表示十二萬分的感謝之意。

在全球不景氣各行各業都受到相當大衝擊的當下，能夠和業界各位先進齊聚一堂，共同慶祝家禾公司成立30週年紀念大會是我們的榮幸。希望我們能夠加強合作加強研發，共同來打敗不景氣共創榮景。在此祝福家禾公司，以及業界各位先進業績蒸蒸日上，鴻圖大展，在座各位貴賓、各位女士、各位先生，身體健康，萬事如意。謝謝大家！

❊　∘∘❀∘∘❊∘❊∘∘❀∘∘∘❊

【解析】

上述中到日同步口譯的練習，基本上沒有太多專有名詞，不過卻使用較多的成語，在時間壓縮之下能否順利的將其翻譯出來，有時也考驗口譯

員的功力。各位讀者可多次反覆練習，先測驗自己速度能否跟上，再檢驗翻譯的準確度如何。切記，真正出色的口譯員絕不會為趕速度而臉紅脖子粗激動的做同步口譯，而是悠游自在好整以暇的工作。如前所述，同步口譯最好保持一定的音域，稍帶抑揚頓挫的語氣來做最適當。千萬不可上氣不接下氣，給人非常疲憊、慌張、焦慮的印象。

　　現茲將上述中到日同步口譯的關鍵詞，以中日對照的方式呈現，提供學習者練習時參考。

❀ ｡ ｡ ❀ ｡ ｡ ❀ ｡ ❀ ｡ ❀ ｡ ｡ ｡ ❀

1. 股份有限公司　　<ruby>株式会社<rt>かぶしきがいしゃ</rt></ruby>

2. 各位業界的先進　<ruby>業界<rt>ぎょうかい</rt></ruby>の<ruby>大先輩<rt>だいせんぱい</rt></ruby>の<ruby>皆様<rt>みなさま</rt></ruby>

3. 慶祝大會　　　　<ruby>祝賀大会<rt>しゅく が たいかい</rt></ruby>

4. 營業額　　　　　<ruby>取引高<rt>とりひきだか</rt></ruby>、<ruby>売上高<rt>うりあげだか</rt></ruby>、<ruby>営業額<rt>えいぎょうがく</rt></ruby>

5. 嫂夫人賢內助　　<ruby>奥様<rt>おくさま</rt></ruby>の<ruby>内助<rt>ないじょ</rt></ruby>の<ruby>功<rt>こう</rt></ruby>

6. 三十而立　　　　<ruby>三十<rt>さんじゅう</rt></ruby>にして<ruby>立<rt>た</rt></ruby>つ

7. 福爾摩沙　　　　フォルモサ

8. 策略聯盟　　　　<ruby>業務提携<rt>ぎょう む ていけい</rt></ruby>、コンプライアンス

9. 技術轉移　　　　<ruby>技術移転<rt>ぎ じゅついてん</rt></ruby>

10. 四輪車、二輪車　<ruby>四輪車<rt>よんりんしゃ</rt></ruby>、<ruby>二輪車<rt>にりんしゃ</rt></ruby>

11. 零組件　　　　　<ruby>部品<rt>ぶ ひん</rt></ruby>、パーツ

四、同步口譯練習帳（二）、（下）

12. 關鍵零組件　　　　　　キーパーツ

13. 農業機械　　　　　　　農業機器

14. 建設機械　　　　　　　建設機器

15. 船舶機械　　　　　　　船舶機器

16. 鼎力相助　　　　　　　お力添え、全力を挙げてサポートしていただく

17. 十二萬分的感謝之意　　衷心より感謝申し上げます

18. 衝擊　　　　　　　　　インパクト、衝撃

19. 齊聚一堂　　　　　　　一堂に集まる

20. 共創榮景　　　　　　　ともに繁栄を築く

21. 蒸蒸日上　　　　　　　ますますのご発展

22. 鴻圖大展　　　　　　　ますますのご活躍

23. 身體健康　　　　　　　ご健勝

24. 萬事如意　　　　　　　ご多幸

名言佳句

人間の希望は絶望より激しく、人間の喜びは悲しみより激しく、かつ永続するものである。【byラ・ブリュイエール、フランス画家】

人的希望遠比絕望來得更濃烈，人的喜悅遠比悲傷來得更強烈，而且可持續久遠。【布涅耶爾　法國畫家】

第五講

國際會議同步口譯的演練及實踐

國際會議的同步口譯，可說是所有職業當中最刺激，也是最有趣的工作之一。口譯員不但有機會隨同赴海外工作兼旅遊，也能接觸到各種不同領域的學者專家，而且一般人平常不太容易看得到的具機密性、敏感性的地方也有機會參觀。

　　目前市場上的同步口譯機會，幾乎都是會議口譯（会議通訳^{かいぎつうやく}）。口譯員雖有上述好處，然而口譯員的工作卻是一開始就被要求要具備完全的職業水準，完全沒有實習的機會。口譯員更要抱持這一次搞砸了，就沒有下一次機會的決心，必須全力以赴才行。因此，口譯員在上場之前應接受嚴格的訓練，可能的話還要找機會熟悉國際會議的進行情形，找機會去旁聽或央求前輩口譯員（先輩通訳者^{せんぱいつうやくしゃ}）讓你能觀摩他們工作時的情景。甚至可從簡單開會前的開場白或司儀介紹的內容，或者是不會太難的有稿發言等部分著手，等抓住同步口譯的節奏感後就比較能得心應手。

　　如同前面幾講所言，口譯工作五花八門，所以口譯員平常各方面的基礎知識、以及知識面向就要比別人來的寬廣，要多方涉獵，即便是專門領域的書籍，也要養成習慣從入門知識讀起，慢慢使自己變成半個專家。或許有人會問，口譯員可不可以有所謂專攻的領域？當然，每人喜好各有不同，如果是專屬於某一機關的口譯員，難免其日常接觸的領域較為固定，日久之後自然會對該領域的議題較為熟稔。但是，如果是自由口譯員（フリーランサー），只做某一領域的口譯工作，恐怕路會越走越窄。如果只對該領域有興趣，應該想辦法讓自己變成該領域的專家，而不只當是口譯員而已。

　　本講，主要是針對實際的國際會議中，發言者大致按稿發言的部分，以及僅提供書面資料或無稿同步口譯的進行情況，提供不同的示範模擬稿，讓學習者作為練習之用。當然，真正國際會議進行時，一定會夾雜許多講者

的個人風格或講話習慣，絕對不會像所提供的講稿，整理的如此條理分明，這一點還要請讀者見諒。形諸於文字的東西（書き言葉），絕對與口語表達（話し言葉）的方式不同。

一、政治類別有稿同步口譯的演練及示範

在筆者個人的工作經驗中，政治類別的口譯算是接觸最頻繁的部分。要做好這一部份的口譯工作，我想平常仔細閱讀報章雜誌是絕對必要的，並要能對首次出現或新的用語加以整理歸納，作為自己的單字資料庫來運用。經由這樣小小的用心（工夫），相信日積月累後一定可以增加相當的實力。再其次，有機會可出席類似的研討會，一方面觀摩別人怎麼做，一方面可增加自己對政治術語的熟悉度。

下列僅提供乙則政治類別的同步口譯參考稿，權充學習者練習之用。

❀ ₒ ₒ ❀ ₒ ❀ ❀ ₒ ❀ ₒ ₒ ❀

【政治類別有稿同步口譯示範演練】

◈ 日文原稿

（MP3 05-01）

皆さん、こんにちは。只今紹介にあずかりました平成国際大学の浅野です。このセッションでは私が「馬英九政権下の日台関係の展望」について所見を述べさせていただきます。

馬英九新政権発足から間もない６月10日に、台湾遊漁船「聯合

号」と日本の海上保安庁の巡視船「こしき」の衝突、そして「聯合号」沈没という事件が発生しました。この事件直後の台湾の対応は、日本が馬英九政権に対して抱いていた懸念が現実になったという印象を与えました。

　馬英九総統は、対中関係改善を公約として総統に当選しましたが、対日関係では1971年以来、1986年、1990年、1995年から96年など一貫して、台湾では釣魚台ですが、日本でいう尖閣諸島問題で、中華民国の領土であると主張し、「寸土片石、在所必争」を訴えてきました。また、台北市長在任中の2005年には「一戦もいとわない」との発言もありました。さらに馬総統は、日本の台湾統治に対して厳しい見解を示してきたし、国民党主席であった2005年９月から、当時の国民党本部に抗日の英雄の肖像を大きく掲げました。このため、日本には以前から、馬総統は「親中反日」ではないかという懸念がありました。

（MP3 05-02）

　「聯合号」事件の後、馬政権は尖閣諸島の領有権を強く主張しましたが、こればかりではなく、劉兆玄行政院長が、二国間の領土問題においては、最後の手段は開戦であるとし、それを排除しないと発言しました。また、尖閣諸島の台湾主権を主張するいわゆる保釣団体が、釣り船「全家福号」をもって尖閣諸島上陸を目指すと、海巡署の９隻の艦艇がこれを保護する形で尖閣諸島の海域に入りました。実際に上陸はしませんでしたが、町村官房長官

が記者会見で「外交ルートで再三警告したにもかかわらず誠に遺憾だ」と強い不快感を示す事態となりました。また、同日、台北の交流協会は、「反日機運がこれまでになく高まっており、日本人の安全を脅かす危険がある」として在留邦人に注意を喚起する文書をインターネット上に掲示するという異例の措置を取りました。

　幸いにして、その後この問題は沈静化し、理性的な話し合いによる解決が図られています。また、馬政権は「台日特別パートナーシップ」を発表し、江丙坤（こうへいこん）、呉伯雄（ごはくゆう）など台湾の高官が度々来日して、馬総統及びその政府が決して反日ではなく、日本を重視していることを伝えています。或いは、馬総統が「知日派」さらには「友日派」を目指しているといった発言も見られます。しかし、12月にいたるまで台湾の高官が来日して対日重視を改めて訴えていることは、それ自体、日本側の懸念が払拭されていないことの反映であります。

(MP3 05-03)

　戦後の日台関係を振り返れば、蒋介石総統には日本留学、日本軍人経験があったし、蒋介石政権時代の日台関係の人脈は蒋経国総統時代にも引き継がれました。李登輝総統は22歳まで日本人であったばかりではなく、日本と日本文化に対する深い理解を示しています。陳水扁政権は、総統個人は日本との関係を持たないですが、対日関係の人材は日本と特に関係の深い人々が担ってい

した。それらと比較しますと、馬政権には、日本との特別な関係を持ち、特別な日本理解をもつ人材は少ないです。

　また、戦後の日台関係の底流にあった日本統治時代の台湾の経験を持つ人材が、日台双方で政治の舞台から退場しつつあり、世代交代に直面していることが、従来の日台関係の継続が困難となっている背景にはあります。しかし、今後の日台関係において、李登輝世代のような人材に期待できないことは当然であります。

（MP3 05-04）

　ところで、日本は、中国との経済関係を重視していますが、一方で、中国の政治的、軍事的台頭に不安を感じています。中国は共産党一党独裁であって、日本と価値観を共有しません。台湾と日本とは歴史的に深いつながりがあるばかりではなく、民主主義国として価値観を共有し、文化的な親近感があります。そして日本は、少なくともこの20年間、台湾の中国との絆より日本との絆のほうが太いと感じており、東アジア情勢において日本が中国と対抗する上で台湾を重要なパートナーであると感じてきました。

　ところが国民党は、馬総統の就任式前から、対中関係改善の具体的な行動をスタートさせ、政権発足後の６月12日からは、両岸関係のトップ会談が開催されて関係改善の具体的な成果を示しました。この同じタイミングで、「聯合号」事件をきっかけに馬政権は対日関係において過去20年間にない緊張した場面を現出しました。事件は偶発的であり、馬政権にとって不運でしたが、この

結果、日本の人々は、馬政権の台湾が中国との統一を目指すと思わないまでも、対中関係改善を対日関係より重視していると感じていました。これは、今まで日本において台湾関係を重視してきた人々が念頭に置き、また台湾もそれを共有していると考えてきた、日米台で中国と対峙するという構図が崩れることを意味します。この場合、馬政権が政府高官を度々日本に派遣し、対日関係重視の方針を訴えても、日本における馬政権への懸念は払拭されません。なぜなら、問題は馬政権が単に対日関係を重視しているかどうかではなく、対日関係を対中関係より重視しているかどうかだからです。

(MP3 05-05)

　周辺の他の国々と比べて、台湾の対中関係には制約が多く不利でしたから、台湾経済の発展のためには対中関係の改善が必要であることは理解できます。しかし、共産党一党独裁の中国のアジアにおける台頭は、アジアの自由と民主主義にとって脅威であって、日米台で中国に対峙することは、アジアの自由と民主主義を維持、発展させるための要件です。したがって、馬政権が対日関係の維持より対中関係の改善を重視する行動を取ることは、従来の東アジアの構造を崩すものであり、日本から見ますと、馬政権の台湾がピースメーカーではなく、トラブルメーカーであると感じられます。

　また「聯合号」事件に対する台湾の反応の中には、過去におけ

る馬総統の対日関係での言動に乗じて、馬政権に対日強硬策を求める政治的策動も見られました。今後も、政権の意志とは別に、対日関係を紛糾させる言説が国民党内からも現れる可能性があります。そうなれば再び、三たび、日本の不安が煽り立てられることになります。

(MP3 05-06)

　馬政権にとっては、対中関係改善は選挙公約であるし、事実、台湾の経済発展の土台として重要でしょう。したがって、馬政権の対中関係重視の姿勢が変わることはありません。しかし、馬政権において対日関係の維持より対中関係の改善が優先されれば、馬政権の台湾は経済的利益のためにその他の価値を軽視するという印象を与えることになります。国民党政権の実務を重視する「活路外交」の背景に、利益優先ではない、明確な理念と原則が示されなければ日本の不安は解消されません。

　しかしながら、馬英九政権が相当な積極姿勢で対日関係改善を求めている以上、日本もこれに応える積極姿勢を示さなければ、かえって国民党内に対日強硬姿勢を呼び覚ます結果になりかねません。理性的対応を図りながら、相互の信頼関係構築の努力が続けられるべきです。

　いずれにしても、信頼を構築するには多くの時間と努力が必要ですが、信頼を失うことは容易です。そして一度失われた信頼を回復するには、より多くの時間と努力が必要です。したがって、

馬政権下の日台関係において確固たる信頼関係を構築するにはまだ時間がかかるでしょう。

　ベルが三回もなりましたので、早く終わらないと座長に怒られます。それでは、私の報告はこれをもちまして終了します。ご清聴どうもありがとうございました。

◆ 中文同步口譯示範演練

　大家好，個人是剛才承蒙主席介紹平成國際大學的淺野。這一場研討會，個人將就「馬英九政府的台日關係展望」，來發表個人的淺見。

　馬英九政府甫上台沒有多久的6月10日，就發生台灣海釣船「聯合號」與日本海上保安廳的公務船擦撞，造成「聯合號」沈沒的意外事件。該事件後台灣方面的因應措施，讓日本原先對馬英九政府的疑慮，給人有一下子浮現台面的印象。

　馬英九總統雖然是提出改善與中國的關係而當選總統的，但是台灣的對日關係自1971年以來，以及1986年、1990年、1995年及96年以來即一脈相承。在台灣稱為釣魚台，日本叫做尖閣諸島的問題，中華民國主張擁有釣魚台主權，並宣稱「寸土片石，在所必爭」。另外，馬總統在台北市長任內的2005年，甚至曾發言表示兩國「不惜一戰」。又，馬總統對日本統治台灣也曾提出嚴厲的批判，並在國民黨主席任內，從2005年9月起，在當時國民黨中央黨部張貼抗日英雄的大幅肖像。因此，日本從以前就擔心馬總統是否有「親中反日」的傾向。

「聯合號」事件後，馬政府強烈主張台灣擁有釣魚台主權。不但如此，劉兆玄行政院長在發言時甚至表示，兩國的領土問題，最後手段就是開戰，並且不排除此種可能。另外，主張台灣擁有釣魚台主權的所謂保釣團體，計畫以海釣船「全家福號」登陸釣魚台，並且在海巡署9隻艦艇的護衛之下，強行進入釣魚台周邊水域。實際上雖然沒有登陸，但是日本的町村官房長官在記者會上，對此一事件表示「已透過外交管道再三警告，仍然發生這樣的事情，令人感到十分遺憾」，顯示出極為不滿的態度。另外，同一天，台北的交流協會，透過網路發佈「由於出現前所未有的反日風潮，可能會危及日本人安全」的訊息，並呼籲在台日僑要注意己身安全的反常措施。

所幸，嗣後這個問題旋即趨於平靜，雙方都希望透過理性溝通來解決。另外，馬政府也宣布「台日特別伙伴關係」，並指派江丙坤、吳伯雄等台灣高層絡繹訪問日本，傳達馬總統及台灣政府絕非反日，而是非常重視與日本的關係，他們並且傳達馬總統希望自己能成為「知日派」或「友日派」的訊息。直到12月，台灣高層雖然相繼訪問日本，重新強調對日關係的重要性，卻也反映出此一動作依舊無法消除日方的疑慮。

回顧戰後的台日關係，蔣介石總統曾留學日本，曾有當過日本軍人的經驗，蔣介石政府時代台日關係的人脈一直延續到蔣經國總統時代。李登輝總統在22歲以前不僅是日本人而已，渠對日本及日本文化有極深刻的認知。陳水扁政府時代，陳總統本身雖然與日本

毫無淵源，但是對日關係的人才都委由與日本關係極為密切的人士擔綱。與其相較，馬政府裡頭與日本擁有特殊關係，以及對日本特別瞭解的人才相對較少。

此外，戰後成為台日關係的主要根幹，即日據時代擁有台灣經驗的人才，逐漸從台日雙方的政治舞台退出，面臨世代交替的局面，也使得過往的台日關係無以為繼。不過，今後的台日關係，當然無法期待像李登輝世代那樣的人才出現。

日本雖然重視與中國的經濟關係，但是另一方面，對於中國在政治上、軍事上的崛起又感到不安。中國共產黨一黨獨大，與日本並沒有共同的價值觀。此外，由食品安全所引發的問題，讓一般的日本人對中國更是抱持高度的不信任感。相對於此，台灣與日本不僅在歷史上有極深厚的淵源，而且又同為民主國家，擁有共同的普世價值，文化上彼此都有親近感。而且，對日本而言，至少這20年來，日本與台灣的關係要遠比台灣與中國的關係來得緊密。在東亞情勢上，日本在與中國對抗的節骨眼上，可以感受到台灣是重要的伙伴。

然而，國民黨在馬總統就任以前，就具體展開與中國改善關係的行動。馬政府上台後6月12日，就恢復舉行「江陳會」，展現出兩岸改善關係的具體成效。在同一個時間點，因「聯合號」事件所引發的緊張，使得馬政府的對日關係，造成近20年來從沒出現過的緊張局面。該事件雖然是偶發事件，對馬政府而言可說是時運不濟，但結果卻使得日本人雖然不至於認為馬政府是要推動台灣與中

國的統一，但卻有改善對中國的關係，比發展對日關係來得重要的感覺。此一發展意味著，過往在日本重視與台灣關係的人士，其所念茲在茲的想法，以及台灣也有相同的期待及看法。亦即，日美台聯合對抗中國的模式已然瓦解。此時，雖然馬政府陸續派遣高層官員訪日，強調政府重視對日關係的方針，但仍然無法消除日本內部對馬政府的疑慮。為何如此說呢？因為問題不出在馬政府是否重視對日關係，而是對日關係是否比對中國關係的改善更受到重視的問題。

與其他周邊國家相較，台灣的對中關係受到許多限制極為不利，因此為了台灣的經濟發展，改善與中國的關係是必然的，日本也能理解其中緣由。但是，共產黨一黨獨裁的中國在亞洲崛起，對亞洲的自由及民主都是威脅，日美台聯手是維繫亞洲自由與民主及發展的要件。因此，馬政府採取與其維繫對日關係，更加重視對中關係的作法，是瓦解傳統東亞勢力結構。從日本的立場來看，馬政府領導下的台灣，不但不是和平締造者，反而讓人有麻煩製造者的印象。

另外，「聯合號」事件台灣的反應，加上馬總統過去對日關係的言行舉止，也讓人發現到馬政府在政治動作上，將採取對日強硬態度的現象。今後，或許與政府的意願無關，當對日關係發生糾紛時，國民黨內部極有可能出現強硬聲浪。倘真如此，將一而再再而三的引發日本的忐忑不安。

對馬政府而言，改善與中國的關係既是選舉時的政見，事實

上，對台灣的經濟發展而言，亦是非常重要的事。因此，相信馬政府不會改變重視與中國發展關係的態度。可是，馬政府如果採取優先改善與中國的關係更甚於維持與日本關係的話，如此一來馬政府將給予人一種，台灣為經濟上的利益，不惜犧牲其他價值觀的印象。國民黨政府在推動重視實務的「活路外交」背後，如果不彰顯其並不是利益優先，而是有明確的理念及原則，則無法消除日本的不安及疑慮。

可是，馬英九政府既然是以非常積極的態度尋求改善與日本的關係，日本也應該要展現積極的態度來加以回應，要不然極有可能喚醒國民黨內部對日強硬派勢力的抬頭。在理性因應的同時，又應該持續致力於建立彼此相互信賴的關係。

不論如何，要建立互信關係需要許多時間及努力，但是要失去信賴卻是極為容易的一件事情。而且，一旦失去信賴關係後又要讓它恢復，則需要更多的時間及努力。因此，馬政府主政下的台日關係，要建立堅固的信賴關係，或許還需要花更多的時間吧！

鈴聲已經響了三次，我再不結束，恐怕主席會不高興，我今天的報告就到此結束，謝謝各位的聆聽，謝謝大家。

名言佳句

人間の行動は思考の最上の通訳者だ。【byロックフェラー】

行動，是思考的最佳傳譯。【洛克斐勒】

一般學術研討會主辦單位皆會事先要求發表人提供書面資料或正式的講稿，但如同前面一而再的重複般，講者限於時間關係大抵無法照準備的書面資料來唸，或者是摘要性的擇重點介紹，所以基本上口譯員還是得消化所有的書面資料，掌握發表人的論說重點及要傳達的理念為何。

下列，僅就筆者過往曾做過的學術研討會的資料稍加整理，提供學習者做一示範演練。

❀ ﾟ。。❀。ﾟ。❀ ﾟ。❀。。ﾟ。❀

【學術會議 日→中 同步口譯示範演練】

◈ 日文原稿

(MP3 05-07)

皆さん、こんにちは。只今紹介にあずかりました国際交流基金会の理事長をしています小倉和夫です。これまでは何度も台湾に来たことがありますが、いつも外国に来たなあという感じはあんまりしませんでした。これはよいことか悪いことか分かりませんけれど、とにかく台湾に来て全然違和感はないんです。料理も美味しいし、人情味も天気と同じぐらい熱いです。

それでは、今日は私が「世界の日本研究と台湾の日本研究」というテーマで話をさせていただきたいと思います。

まず、世界の日本研究についてですが、世界の日本研究は、歴史的には、日本を異国情緒溢れる国と見るか、あるいは世界に脅

威を与える源と見るか、あるいは一つのモデル、とりわけ経済成長のモデルと見るか、この三つのいずれかの観点から進められてきたと言ってよいでしょうね。

（MP3 05-08）

　日本文学や日本美術の研究は、歴史的観点から言えば、「エキゾチックな日本」に関する研究の範疇に入ると考えられます。また、アメリカにおける日本研究は、有名なルース・ベネディクトの『菊と刀』に見られるように、日本を脅威の源として見たことから始まったと言っても過言ではありません。また、1970～80年代にかけてアメリカをはじめ多くの国で日本経済についての研究が進んだのも、日本の経済進出が一つの脅威と見なされたことを背景としています。その一方で、日本の経済発展が他国にとってのモデルとされ、アジア諸国が日本の近代化を政治的、経済的な意味で一つの模範と見なしていたことも事実であり、この場合には、モデルとしての日本の姿に後押しされて、世界の日本研究が進んだと言えます。

　このような歴史的背景を考えながら現在における世界の日本研究の状況を観察しますと、そこに幾つかの新しい傾向が出現していることがわかります。

（MP3 05-09）

　第一には、世界は日本の政治、経済、社会状況の影響を受け、日本研究者の数や日本研究の内容が変わってきていることです。

しかし、1990年代を通じた日本経済の停滞、それに反比例する形での中国やインドの経済発展、1997年のアジア経済危機といった事柄は、日本に対する世界の関心の度合いや内容を大きく変化させました。この点を論ずる場合、多くの人は、日本経済の停滞に伴って、日本研究に携わる研究者や機関の数が減少したという点を強調しがちです。実際、それは、かなりの国において観察される事実であり、特に伝統的に日本研究が比較的盛んであった国においては、こうした傾向が2000年以降顕著に見られます。しかしながら、この現象は、見方を変えれば、国際社会において日本の異質性が意識されなくなり、通常の経済的あるいは政治的パートナーとして日本が受け入れられた証拠であると見ることもできます。たとえば、最近の日米間の経済的、政治的依存関係の増大に伴い、日本はもはや欧米にとって脅威の源泉ではなくなり、完全にパートナーとして受け入れられてきていますが、こうした点が日本研究にはある意味でマイナスに作用していることを考えなければなりません。

(MP3 05-10)

　第二に考えるべき点は、特に政治学や経済学の場合、アメリカの一極支配の強化と、アメリカの戦略的利害の変化、それに伴う世界の関心の変化が、日本研究にも大きな影響を及ぼしているという側面です。これは、日本の相対的地位の変化とは必ずしも直接関係ない問題ですが、テロリズムをはじめとする新しい世界的

課題が地域研究一般に大きな影響を及ぼしていると言ってよいで
しょう。

　なお、アメリカは別としても、特定の国の政策の変更が日本研
究に影響している場合もあります。たとえば、オーストラリアで
す。オーストラリアの外交政策が、ハワード政権の下、かつての
政権のアジア重視政策からどちらかと言えば欧米重視型に移った
ことが、オーストラリアにおける日本研究に影響を及ぼしている
ことは否定できません。

（MP3 05-11）

　第三に、第二の点とも関連していますが、いわゆる「地域研究
（area studies）」自体の意味が世界的に問われてきている点を
よく考えるべきでしょう。最近は、日本研究に限らず、（中東研
究を別にすれば）地域に特化した研究よりも、むしろ、経済学、
政治学、社会学、文学といった、ディシプリンにおける研究が先
行し、その中で特定の国や地域が取り上げられるという傾向が強
くなってきています。地域的な意味での日本に焦点を当て、日本
に特化して、その歴史、政治、経済、社会全般に亘って研究する
という、従来型の地域研究としての日本研究の意味そのものが疑
念を持たれているのです。

（MP3 05-12）

　次に、日本の政治経済面の変化、あるいはアメリカの戦略的考
え方の変化といった事柄とは別に、先進国における高等教育機関

を取り巻く状況が変化して、そのことが日本研究にも影響を及ぼしている点も考慮しなければならないんです。21世紀を迎えて世界各地で大学改革が唱えられ、高等教育を取り巻く財政事情も変化し、大学経営のあり方や大学教育のあり方についての評価も変わってきました。こうした状況の中で、（日本に対する関心が異常なまでに高まった一時期を別にすれば）そもそも社会科学ないし人文科学の中で比較的マージナルなところに位置付けられていた日本研究が、ますます隅に追いやられていくという事態が生じています。こうした傾向は、日本の戦略的地位の変化とは必ずしも直接結び付いてはいないと言えます。

(MP3 05-13)

　日本研究の新しい傾向の第五の側面としては、日本に関する知識の増大と日本に関わる研究の深化が連動していた時代が去りつつあるという点が挙げられます。現在、多くの国において、日本の食文化や漫画・アニメ、ゲーム等が爆発的に流行し、それに伴って、日本についての知識が、広い層、特に若年層において、断片的にしても、急速に増大しています。その結果、高等教育機関における日本研究の推進と、一般市民が持つ日本についての知識の増大が分離した状況が生まれています。すなわち、かつては、日本研究者が日本についての知識の伝播者であり、一般の人々に日本を理解せしめるための触媒としての重要な役割を果たしていたのに対し、現在は、日本研究は極めて専門的な学術世界に閉

じ込められ、一般市民が日本についての知識をどんどん増大させ
ている状況から切り離されてきているように思われます。この点
は、国際交流基金を含め、公的機関や非営利機関による日本研究
の支援のあり方を考える際に忘れてはならない点でしょう。

（MP3 05-14）

　続きまして、「台湾における日本研究」について話をしてみた
いと思います。

　先ほど、紹介させていただいた「世界における日本研究」の状
況を念頭に置きながら、台湾における日本研究の現状を考えてみ
ますと、幾つかの特徴と問題が浮かび上がってきます。

　第一に、台湾における日本研究の動機が変わってきている点が
挙げられます。台湾においては、ごく最近まで、日本研究あるい
は日本そのものが、台湾における政権の正当性と密接に結び付い
ていました。すなわち、歴史的には、台湾の歴史の見方や台湾自
身についての政治的イデオロギーが、日本に対する見方、ひいて
は日本研究のあり方と直結していました。こうした状況は、ここ
5～10年の間に徐々に薄れてきたのではないかと考えられます。

　第二に、他の国同様、台湾においても、長らく日本経済が発展
のモデルと見なされてきたのですが、台湾の経済発展、中国の経
済発展、1997年のアジア経済危機、そして日本経済の長期的停
滞等により、経済発展のモデルとしての日本経済研究が再考され
る状況となってきている点が挙げられるでしょう。

　第三に、特に台湾において顕著な点として、日本についての情報や知識の増大と、日本研究の拡大ないし深化が、分離してきている点があります。台湾においては、日本についての知識が一般の人々の間にも極めて広く拡がってきており、その結果、日本研究が、一般市民に対して日本についての情報を広め、解説するという役割を急速に失ってきています。従って、日本語教育の増大が急速な勢いで観察される一方で、日本研究の深まりは見られないという状況が現れています。また、制度的理由もあって日本の高等教育機関への留学が伸びておらず、その一方で、台湾における日本研究拠点も拡充されていないといった事態も生じています。

　この点は、世界における日本研究の状況と類似している部分も少なくないですが、従来の日本研究者の世代が引退して表舞台から今ちょうど消えつつあるという台湾独自の特殊事情も重なって、一層先鋭的な形で台湾に表れているとも言えるのではないかと思われます。

　他方、日本と台湾が、社会的、経済的、あるいは政治的な面でも類似した社会になりつつあることは事実です。そうであれば、台湾にとって、日本は、同じような問題や共通の課題を抱えた比較研究の対象として更に大きな意味を持ち始めているとも言えま

すね。従って、今後は、様々なディシプリンの中で日本が一つの意義ある研究対象となる点を踏まえて、狭い意味での日本研究者育成を超えた研究者養成に努めていくことが重要ではないかと考えられます。

　また、台湾の日本研究の現状における大きな問題の一つに、学部レベルや修士課程での蓄積が、博士課程以上の研究の増強に繋がっていない点があります。これは、台湾において（他の多くの国でも見られるように）日本研究に従事した人の多くが研究機関に残らないせいとも思われます。日本研究の深化と高いレベルでの研究者育成のためには、研究教育環境の整備、拠点の拡充、データベースの整備、研究者間交流の拡充が行われなければなりません。先ほど言及しましたように、日本語教育と連動した形での日本研究を超え、様々なディシプリンの中で日本が一つの対象として取り上げられる研究を、いかに支援し育成していくかを真剣に考えなければならない時期が到来しています。

（MP3 05-17）

　いずれにしても、日本はもはやエキゾチックな国ではありません。また、台湾においては、日本は、脅威の対象でもなければ、過去の歴史と結び付いた、あるいは政治的主張と関連した研究対象でもないんです。むしろ、同じような価値、同じような形態の社会を持った国同士として日台が問題を共有し、その共有する問題を研究する上で、お互いが一つの比較対象となる時代に突入し

ています。台湾においても、こうした時代に合った日本研究の育成が考えられなければならないと思われます。

　最後に、これに関連して、世界における日本研究をいかに育成していくかを考える際に、国際交流基金のような日本研究支援機関が考慮すべきポイントを列挙してみたいと思います。

（MP3 05-18）

　第一は、日本に関する知識が、特に若い層を中心に、狭い窓を通してではありますが、拡がっている点であります。すなわち、学術的専門性を持つ日本研究者は、日本とその国との知的な意味での架け橋とはなり得ても、市民一般の日本理解のための架け橋とは必ずしもならなくなってきているのです。学術研究支援のためには日本学術振興会といった、国際交流基金とは別の機関も存在し、学術研究としての日本研究を支援することは、国際交流基金が伝統的に取り組んできた「日本理解を深めるための日本研究支援」とは別の次元の問題であると言えます。この状況をいかに踏まえて今後の日本研究支援のあり方をいかに考えるかが、国際交流基金にとって大きな政策課題として残っています。

（MP3 05-19）

　第二に、日本にだけ焦点を当てた日本研究支援が時代遅れになってきている点があります。先ほど述べましたように、日本研究は経済学一般、社会学一般、政治学一般の中で考えられるようになってきており、たとえば韓国や中国との関係の中で、もしくは

アジアの中に位置付けて日本が研究されるようになってきています。これは日本研究のみならず、いかなる地域研究についてもあてはまることであって、グローバリゼーションの進んだ世界においては、地域研究も、相互連関性を持った研究でなければ意味を持たない時代に突入していると言えましょう。従って、日本研究の支援は、韓国研究や中国研究の支援、あるいはアジア研究の支援と同じ次元で考えなければならないのです。たとえば、日中韓の比較研究、日台関係の研究といったものが日本研究と同時に遂行されなければならない時代になってきています。また、日本についての比較研究も、その比較対象としては、中国や東南アジアばかりでなく、ヨーロッパが取り上げられるといった新しい傾向も見られるようになっています。たとえば、最近、日本とイタリアの政治を比較する本がアメリカ人日本研究者によって出版されました。こうした新しい傾向に応えていく支援も考えていく必要があると思われます。

（MP3 05-20）

　　第三に、大学、大学院等の高等教育機関における日本研究プログラムと、中等教育機関における日本語教育や中学・高校生たちの日本についての知識の増大との連関を考えることが、より重要になってきています。若い世代を中心に、漫画・アニメをはじめとし、日本に関する知識や関心も増大しています。こうした若い人々が得た日本に関する知識を高等教育の中にいかに活かしてい

くか、その連関を考えなければならないのです。

　最後に、日本研究の領域が、政治、経済、文学、言語といった従来のジャンルを越え、ファッション、食物、漫画・アニメ等にまで拡がってきていることにも注意を要します。こうした新しい傾向をどのように位置付けるかも、我々にとって大きなテーマとして残っていると言えます。やはり時間のコントロールが悪いんですね、時間がややオーバーしました。それでは私の話はこの辺で終わらせていただきます。ありがとうございました。

◆ 中文同步口譯示範演練

　　各位貴賓，大家好。個人是方才司儀介紹，目前任職於國際交流基金會擔任理事長的小倉和夫。個人雖然曾來過台灣好幾次，每次來都沒什麼到外國的感覺。這種事也不曉得是好或不好。總之，來台灣完全沒有格格不入的感覺。這裡料理好吃，而且人情味跟天氣一樣，都非常的熱情。

　　今天，個人將以「世界的日本研究及台灣的日本研究」為題，來發表一下個人的淺見。

　　首先，有關世界的日本研究，一般而言世界的日本研究，大抵上皆從歷史上將日本視為充滿異國情調的國家，或者是將日本視為是威脅世界的根源，或者是將日本視為一種模式，特別是經濟成長的模式，從上述這三種觀點來進行研究。

　　日本文學或日本美術的研究，從歷史的觀點來說，算是屬於將日本視為充滿異國情調的相關研究範疇。另外，美國的日本研究，

最有名的如潘乃德所撰寫的「菊花與劍」，也可說是將日本視為是威脅的根源而開始進行的研究。還有，1970年代到80年代，以美國為主，許多國家對日本經濟的研究有長足的進展，但基本上背後也是將日本的經濟成長視為是一種威脅。另一方面，日本的經濟發展對其他國家而言是一種範本，事實上亞洲國家也將日本的現代化，視為是其在政治上、經濟上的一種範本。此種情形，也助長日本成為其他國家學習模仿的對象，也間接促進世界各國對日本的研究。

在考量上述的歷史背景，以及觀察目前世界對日本研究的現狀，我們發現有下列幾種趨勢出現。

第一，世界受日本政治、經濟、社會現況的影響，日本研究學者的數量及對日研究的內容已有所改變。

但是，經由1990年代日本經濟的停滯，以及以反差極大的方式出現的中國與印度的經濟快速成長，加上1997年發生亞洲金融危機，使得世界上對日本關心的程度及內涵也有很大的改變。在討論到這一點時，有許多人自然就會強調，隨著日本經濟的下滑，研究日本的學者及機構也相對的減少。實際上，這是在許多國家經過驗證的事實，尤其是傳統上研究日本較為興盛的國家，此種傾向在2000年以後更是顯著。不過，這種現象，只要改變角度及看法，也可看做是國際社會已經沒有意識到日本的特異性質，而是從普通的經濟或者是政治上的關係，將其視為伙伴的最好證據。例如，最近隨著美日在經濟上、政治上依賴關係的擴大，日本對歐美早已不是威脅的來源，已完全將其視為伙伴並接納其存在，但也正因為如

此，在日本研究方面，從某種意涵而言，也有其副作用的部分。

　　第二點應該思考的是，尤其是在政治學或經濟學的領域，美國加強其一極統治及因應美國戰略利益的變化，還有伴隨上述變化世界關心重點的改變，也對世界的日本研究帶來相當大的影響。這不見得是與日本相對地位的改變有直接關係，但是諸如恐怖主義等新的世界所面臨的課題，一般可說都會給區域研究帶來極大的影響。

　　另外，即使不論美國因素，特定國家的政策轉變，對日本研究也會有所影響。例如，澳洲。澳洲的外交政策，在霍華德政府之下，已從過往政府重視亞洲的政策轉為重視歐美，因此對澳洲的日本研究絕對會有影響，此點恐怕大家都無法否認。

　　第三點與第二點也有關連。所謂「區域研究」本身的意涵，世界各地都在重新思考。最近，不僅侷限於日本研究（中東研究另當別論），而是與其著眼於區域研究，倒不如先行研究該區域的經濟、政治、社會、文學等教養學科的部分，再從其中篩選特定的國家或區域進行研究的趨勢越來越明顯。從區域的觀點鎖定日本為研究對象，研究其歷史、政治、經濟、社會整體的現象，用此種傳統區域研究的方式來研究日本，對其本身所具備的意涵仍有所疑慮。

　　再其次，日本國內的政治、經濟的變化，或者是美國戰略思維模式的改變等姑且不論，我們應該考慮到先進國家高等教育機構所處環境及狀況的改變，也會影響到他們的對日研究。進入21世紀，世界各地都在高唱大學改革，高等教育的財政收支有極大的改變，甚至對整個大學經營的方法及大學教育的評價方式都有所改變。在

二、學術研討會有稿同步口譯的演練及示範

此種情況下（對日本的關心，除某些異常高度關注的時期以外），原本在社會科學乃至於人文科學中，比較被視為邊陲的日本研究，就越發被趕到角落去了。這種傾向，可以說不見得就與日本戰略地位的變化有直接的關連。

　　日本研究新傾向的第五個面向，大概就是對日本相關知識的擴增及深化，與對日本研究互連的時代已逐漸遠去。現在在許多國家中，有關日本的飲食文化，漫畫、遊戲軟體等大流行，隨之而來的就是對日本的知識廣泛流傳，特別是年輕一代，即便是片面的認知確已快速的流傳開來。結果就是，高等教育機構所推動的對日研究，以及一般市民對日本認知擴大產生隔閡的情形。亦即，在過往，日本研究學者是日本相關知識的傳播者，是讓一般人民瞭解日本並扮演重要的觸媒角色。然而，現在日本研究侷限在非常專門的學術世界，而一般市民對日本的知識卻逐漸擴大，所以不得不將兩者脫勾處理。關於此點，包括國際交流基金會在內的公務機關或非營利機構，在思考如何協助推動日本研究的方法時，不應該忘記此項特徵。

　　其次，個人要來談談「台灣的日本研究」。

　　各位對個人剛剛所介紹的「世界的日本研究」現況有所認知，我們再來看看台灣的日本研究，就會發現有下列幾個特徵及問題點浮現。

　　第一，台灣日本研究的動機已有所改變。在台灣，直到最近為止，日本研究與台灣政權的正當性有極為緊密的關係。亦即，在歷

史上，台灣歷史的看法及台灣本身在政治上的意識型態，以及對日本的看法或者是日本研究的方法都有直接的關連。

第二，與其他國家相同，在台灣長期以來日本經濟都被視為是發展的模式，但是自從台灣本身經濟開始發展、中國經濟崛起、1997年亞洲金融危機，以及由於日本經濟長期停滯，使得將日本視為經濟發展模式的對日經濟研究現狀已經有所改變。

第三，尤其是在台灣極為顯著的一點，那就是日本相關資訊及知識的擴增，以及對日研究的擴大，乃至深化所造成的隔閡。在台灣，日本相關知識在一般人當中極為普遍，結果就是日本研究對一般的市民而言，已經迅速的喪失增廣見聞及解說功能的角色。因此，日語教育雖然急速的擴增，但另一方面，卻看不見有深入的對日研究現象。另外，因為制度上的原因，使得到日本高等教育機構留學的情形無法增加。另一方面，台灣的日本研究據點也無法擴充。

關於此點，與世界的日本研究狀況類似之處不少，但又與台灣現在面臨的傳統上研究日本的世代剛好從舞台逐漸消失的特殊情形相重疊，因此可能會用較尖銳的方式呈現在台灣。

另一方面，日本與台灣，無論在社會上、經濟上、或者是在政治上，都逐漸變得更為接近，此也是事實。如此一來，對台灣而言，日本因為具有相同的問題及擁有共通的課題，成為比較研究的對象，可說是別具意義。因此，今後在各種教養中，基於日本研究是一個非常有意義的研究對象，我想致力於培養超越狹隘領域的日

本研究學者，培養真正的日本通學者就變得非常重要。

另外，台灣的日本研究現況還面臨一個極大的問題，那就是學系或碩士課程與博士課程的研究接軌極為薄弱。一般咸認這與在台灣（其他國家也可看到相同情形）從事日本研究的許多人，無法繼續留在研究機關服務有關。為深化日本研究及培養高水平的日本研究學者，必須要整合教育研究機關的設備、擴充研究據點、整合資料庫，以及加強研究者之間的交流。如同前面所言，應該超越與日語教育相關的日本研究範疇，從各種不同的教養範疇中，以整體日本為對象進行研究，而我們應該如何來從旁協助，現在已到必須認真思考的時刻了。

無論如何，日本已不再是具有異國情調的國家了。另外，在台灣日本既不是威脅的對象，也不是與過去歷史相結合，或者是與政治主張有關的研究對象。毋寧說，台日兩國是擁有相同的價值觀，具有相同型態的社會，彼此有共同的問題，在研究共同問題的基礎上，彼此可以進入一個以對方為研究對象的領域。一般咸認在台灣，必須要培養能符合該種時代需求的日本研究專家。

最後，與此相關連的，就是我們在思考如何培養世界的日本研究專家時，類似國際交流基金會這種支援日本研究的機構，應該考慮哪些重點，僅舉例說明如下：

第一，日本相關知識，特別是以年輕人為主，雖說是透過狹窄的門窗來看世界，但的確是逐漸在擴大。亦即，從事專門學術研究的日本研究學者，即使可以成為日本與自己國家知識上的溝通橋

樑，卻不見得能成為一般市民對日理解的溝通橋樑。支援學術研究的機構，在日本有日本學術振興會，是與國際交流基金不同屬性的機構，主要是在學術研究上支援對日研究，此與國際交流基金傳統上所致力於「加深對日理解的日本研究支援」理念，是屬於不同層次的問題。如何基於上述情形來思考今後應如何支援對日研究，此對國際交流基金而言是一個極大的政策課題。

　　第二，僅以日本為核心的日本研究支援時代已經過時了。如同前面所言，日本研究必須把它放到一般的經濟學、社會學、政治學的架構來思考，例如與韓國或中國的關係中，或者是在亞洲中應如何定位，需以此種角度來進行日本研究。這不僅是日本研究而已，任何區域研究都可套用，在全球化浪潮之下，可以說已進入區域研究，倘若不進行相互關係的研究，則已無意義可言。因此，支援對日研究，就像支援對韓國的研究或對中國的研究，或者是對亞洲的研究，都是屬於同一次元的問題。例如，現在已進入日中韓的比較研究或台日關係的研究，就如同與日本研究一樣，是可以同時來進行的。另外，與日本的比較研究，其比較對象，現在也不限於中國或東南亞國家，甚至有與歐洲相比較的新趨勢出現。例如，最近以日本與義大利的政治作比較的專書，由日裔的美國人所出版。為因應此種新發展趨勢，我們就必須去思考可以提供何種協助。

　　第三，大學或研究所等高等教育機構的對日研究計畫，以及中等教育機構的日語教育或加強國中、高中生對日本的知識及認知已變得越來越重要。以年輕世代為主，他們對日本的漫畫、動畫，以

及對日本相關知識的關心程度也越來越高。這些年輕人所獲得的日本相關知識，如何活用到高等教育裡，我們必須認真去思考其中關連性的問題。

最後，我們要注意日本研究的領域已超越傳統的政治、經濟、文學、語言的領域，而擴展到時尚、美食、動漫等領域上。這些新趨勢，我們應該如何來定位？對我們而言，也可說是留下一個極大的課題。我時間控制的不是很好，還是超過預定的時間。我想我今天的報告就到此結束，謝謝各位。

❋ ○ ○ ❋ ○ ○ ❋ ○ ○ ❋ ○ ○ ○ ❋

【解析】

口譯工作困難之處在於發言者發言方式南腔北調，有的邏輯明瞭清楚易懂，有的隱晦艱澀難懂，不一而足。上述範例，部分說法模擬兩可不甚清楚，此時口譯員就要想辦法用大多數人聽得懂的方式來進行傳譯，而不能只想一味的含混其詞蒙混過關。

上述範例中出現些許人名及許多外來語。人名若是屬於常識範圍內的部分，口譯員應該要懂，這也就是為什麼口譯工作需要時時閱讀吸收新知的道理。若是屬於冷門實在沒聽過的人名，翻譯時只好原音重現，將該人名再次以日文重唸一遍即可。另外，不可諱言的，日本有許多學者專家或精通某一領域的專家，在談話中常喜歡夾雜大量的外來語（台灣亦復如此，喜歡夾雜英文）。若是非常普遍的外來語還沒問題，怕就是怕一大堆莫名其妙，恐怕一般人也聽不太懂的外來語大量出現，此時口譯員能跳就

跳，實在是跳不過去就要根據上下文的意思，努力的去破解它的意思了。

　　現茲將上述範例中出現的用語彙整如下，作為學習者參考之用。

❀　｡｡❀｡｡○ ❀ ｡ ❀ ｡｡❀｡｡○ ❀

1. エキゾチック　　　　　　　異國情調、異國風情

2. ルース・ベネディクトの「菊_{きく}と刀_{かたな}」

　　魯思・潘乃德所寫的「菊花與劍」。台灣對外國人名一般只翻其名，而較少

　　連名帶姓的稱呼。另外，日文雖然是講「菊と刀」，但是我們慣稱「菊花與

　　劍」。

3. 後押_{あとお}し　　　　　　　　撐腰、靠山、推波助瀾

4. 一極支配_{いっきょくしはい}　　　　　一極統治、一極支配，另還有「多極支配_{たきょくしはい}」，可翻

　　　　　　　　　　　　　　成「多極統治」或「多極支配」

5. ハワード政權_{せいけん}　　　　　霍華德政府，澳洲前總理

6. ディシプリン　　　　　　　教養、戒律、規律

7. マージナル　　　　　　　　邊陲、邊緣

8. イデオロギー　　　　　　　意識型態

9. データベース　　　　　　　資料庫

10.グローバリゼーション　　　全球化

11.ジャンル　　　　　　　　　領域

12.ファッション　　　　　　　時尚

三、產業相關同步口譯的示範及演練

　　一般同步口譯，基本上還是有參考資料。國際會議或研討會進行時，主辦單位皆會要求講者提供書面資料，而講者大致上會以所提供的資料為基礎來進行報告。雖說有提供書面資料，但講者卻又不會照書面資料唸，大都是綜合性的就其書面資料用口頭報告的方式呈現出來。因此，口譯員除消化吸收書面資料的內容外，只能現場邊聽邊傳譯，如此亦等同於是無稿的同步口譯。

　　如前所述，要將口語進行的同步口譯，以書面方式呈現是極為困難的一件事情。原因在於無法原汁原味的呈現同步口譯進行的味道，這也正是坊間極少看到相關書籍問世的原因。

　　不過，現在形式的國際會議或跨國研討會，講者經常會藉助投影片來進行報告。下列範例僅提供乙則產業相關同步口譯的例子，權充學習者練習參考之用。

❀ ｡｡❀｡｡ ❀ ❀ ｡｡❀｡｡｡ ❀

【產業相關同步口譯】

◈ 日文原稿

（MP3 05-21）

　　（大家好！）こんにちは。

　　ヤンマーの小竹です。どうぞよろしくお願いいたします。

　　私にとっては、台湾は大変身近な国の一つです。会社の紹介は後ほどさせていただきますが、私は会社でコンバインの研究開発

を最近まで担当していました。日本の稲刈りシーズンより早く稲の収穫作業ができる台湾各地で性能・実用化耐久試験をやらせていただきました。毎年５月になると恒例のように台湾を訪れていました。

特に台中では３月の麦刈シーズンにも試験でたびたびお世話になりました。そんな台湾でそれも台中でこのような機会を与えてもらったことに感謝すると共にヤンマーの機械の開発商品化に力を貸していただいている台湾の皆さんに改めて御礼申し上げたいと思います。

私からは、産業用機械を開発・製造しているメーカーでのユニバーサルデザインの取組みについて話をします。

（MP3 05-22）

今日、このような順序で話をさせていただきます。

まず最初にヤンマーの会社紹介をさせていただきます。

次にヤンマーで作っている機械が使用される場所や人に関する課題、そしてヤンマーがUDに取組み、如何にしてこの課題を解決しようとしているかについて説明したいと思います。

最後に、今回デザイン博覧会にも展示しました田植機のUDへ配慮したポイントについて事例を紹介させていただきます。

ヤンマーは1933年に世界で最初に産業用小型ディーゼルエンジンを作った会社です。

現在ではそのディーゼルエンジンをより進化させています。

そしてこのエンジンを搭載して農村、都市、海といったフィールドで活躍する機械も作っています。

農業機械、建設機械、コジェネレーションシステム、フィッシングボート、などなどです。

(MP3 05-23)

この進化した小型ディーゼルエンジンは2008年には生産台数500万台を達成しています。

これらヤンマーの製品は130カ国以上の国々で活躍しています。こちら台湾でも、ヤンマーの農業機械は活躍しています。ここ台中でも、もうすぐ稲の刈取時期を迎えます。コンバインが活躍するシーズンです。ヤンマーのコンバインが活躍します。みなさん今年の刈取の季節は、ちょっと視線を郊外の田んぼに向けてみてはいかがでしょうか?赤と白に塗り分けられたヤンマーコンバインの働く姿を確認いただけるかもしれません。

ヤンマーは、いろいろな事業を世界中で展開していますが、その事業の根幹となっているのがこのミッションです。「お客様と一緒に感動できる価値を作り続ける」。これはまさにユニバーサルデザインの思いと同じです。そして、「循環型社会に向けて商品・サービスを追及する」ことこそ環境への思いです。つまり、UDと環境、それがヤンマーそのものといっても過言ではないと思います。ヤンマーを取巻く事業環境の変化がさらにUDの必要性を加速させています。

　「世界的な高齢化の進行」や「事業のグローバル化によるお客様の多様化（人種、言語など）」、「ライフスタイルの多様化・個性化」など一般的に言われていることの他に、ヤンマーの事業領域での特徴的な変化があります。そのひとつが、ユーザーの高齢化です。これは日本の例ですが、農業、漁業にたずさわる人たちは、社会全体に比べて大変高齢化が進んでいます。特に農業においては、従事者の70％以上が55歳以上の方々です。もはや、高齢者がこれら産業の担い手となっているといっても過言ではありません。これらの人たちの経験や知識を生かしながら、農業、漁業を維持・発展させていくためには、機械がこれらの人々にとって簡単に使いこなせるものでなければならないわけです。

　次が私たちの製品が使われる場所です。ヤンマーの製品が平らで安定した場所で使用されることはほとんどありません。土の上、海の上、屋上、工事現場、などなど、足場が不安定で、暑かったり、逆に寒かったり、機械にとっても厳しい場所ですが、そこで働く人にとってもきつい場所です。この人たちが少しでも、楽に作業が行えるように配慮していく必要があります。

　最後は事故についてです。これも日本国内の統計資料です。先ほど申しあげましたように高齢化や作業環境の多様性から、農業や漁業、建設機械を使った事故というのはなかなか減少していま

せん。ハインリッヒの法則から考えると、農作業現場では、１年に１万回以上も事故が起こるような状況であるといえます。ヤンマーの提供する機械で安心して作業が行えるようにしていかなければなりません。また、農業機械は自動車のようにいつも使う機械ではありません。必要な時期に短時間使用し、作業が終わったらほとんどの時間は倉庫に格納されています。その間にユーザーは操作を忘れてしまう可能性も大きいのです。そんな場合にも戸惑わずに安心して作業が行えるようにしていくのがメーカーとしての使命だと思っております。

　このような使用環境に対し、ヤンマーが取組んでいるユニバーサルデザインについて説明させていただきます。一番初めに説明しました通り、ヤンマーの製品には最初からUDの思想というものは入っていたと思っています。もちろん、当時はユニバーサルデザインという言葉があったわけではありませんが、５年ほど前から、この思いを体系的に整備し、明確にしていく活動を始めました。

（MP3 05-26）

　ヤンマーではユニバーサルデザインの考え方を製品に展開していくために、このような体系で整理しながら進めています。体系の基本には、ユニバーサルデザイン７原則を参考に、ヤンマーでアレンジした独自の基本原則を据えています。この原則を実際の設計業務に展開していくために、「色」や「文字」、「レイアウ

ト」などの設計項目別に基準を定めました。最後にこれらの基準
に沿って、各機種ごとの設計マニュアルに展開していきます。こ
のように体系化することで、会社としての統一すべき内容と機械
の特性によって変わるべき内容が明確になります。

　これがヤンマーの基本原則です。ロナルドメイス氏の提唱され
た7原則に、わが社の製品として不可欠な3付則を足して作りま
した。しかしながら、このわかりにくい原則の表記がユニバーサ
ルデザインの原則から外れているんではないかということで、わ
かりやすく覚えやすいように現在改正を進めています。原則に基
づき、製品がデザインされているかをチェックシートにより確認
します。チェックシートの各項目を点数化することで、使いやす
いという官能評価定性的評価であったものを定量的に測っていく
ことが可能となります。また、チェックシートはアイデアを出す
ためにも使用することができます。

(MP3 05-27)

　次に「色」の基準について事例を紹介します。これがトラクタ
という機械の操作部です。レバーやスイッチなどのインターフェ
イスの機能によって、区別されています。オレンジが走行に関す
る機能、黄色がPTOに関する機能、黒や緑がそれ以外の機能に関
する表示です。これがコンバインという機械の操作部です。使わ
れる作業が違うので、トラクタと同じレイアウトということはで
きませんが、走るときはオレンジを触って、作業を開始するとき

は黄色を触って、作業機の位置を調整するときには黒を触ってといった風に、トラクタと同じ配色にすることで、より覚えやすくなるよう配慮しています。お米を作る農家の方は、一年間にトラクタもコンバインも使用するのです。田んぼに稲の苗を移植する機械田植機についても、同様の考え方を展開しています。現在、当社で開発している農業機械はすべて、この色の基準に沿って配色が行われています。色以外についても、文字やサイン、レイアウトなどいろいろな基準を定めて進めています。

(MP3 05-28)

それでは、最後にヤンマーでの実施例として、今回デザイン博覧会に出展しました田植機VP80Dでのユーザーに配慮した項目を紹介します。これらは、このモデルだけ特別に行っているのではなく、展開できるモデルについては随時水平展開を図っています。まずは田植機の紹介ビデオです。まずは、楽に、簡単に作業を行うことへの配慮です。従来の田植機はエンジン馬力を有効に使うために有段変速のギアシフトだったり、使い勝手を優先して動力の伝達効率を犠牲にしたりしていました。それをヤンマーではハイブリッドの自動車でも使用されている遊星ギアの仕組みを用いて、高い伝達効率で、簡単に操作が可能なトランスミッションを開発しました。ペダル操作で簡単に加速、減速できるこの技術で、自動車を運転するようにお客様は簡単に使いこなすことができるようになりました。今回の博覧会では、田植機を動かせま

せんので、残念ながら体験していただくことができません。

　次は作業空間の確保です。空間の確保は、機械への乗り降りを楽にするだけでなく、苗継ぎという補助作業を楽に行える効果があります。まずは、ビデオで乗り降りと苗継ぎ作業をご確認下さい。乗り降りは、機体側面に設けられたアシストバーによって、身体を支えることができ、一層楽に乗り降りできます。苗継ぎ作業とは、後ろの植付部の苗が無くなると、前方にある予備を後ろの植付部に落とす作業です。そのため、このステップの上で移動しなければなりません。広いステップにより使いやすい空間を作っています。また、このステップのゴムもブロック形状になっており、長靴や泥のついた靴で作業してもすべらないように安全に配慮しています。

（MP3 05-30）

　最後に環境への配慮も忘れてはいません。この写真は台中近くの海岸の写真です。海岸近くまで田んぼがあります。田んぼから排水された水は、すぐに海に流れてしまいます。肥料に含まれる窒素分が海に流れ出ると、富栄養化の一因となります。田植作業と同時に肥料を撒く作業を行うことで、作業自体を減らして、身体的負担を軽減することができます。また、苗のすぐ近くに必要な量だけ土の中に埋め込むように撒くことによって、田んぼ全体に肥料を撒くより、肥料の量を少なくすることができますし、水

中に肥料が流れ出すことが少なくなり、河川の富栄養化の原因になりにくくなり、水質保全に貢献できます。

　以上で私からの説明は終わりですが、最初にも述べましたが、ユニバーサルデザインの思いは、ヤンマーのミッションそのものです。私たちは今後とも、ユニバーサルデザインを会社すべての製品に展開していくとともに、継続してこの取組みを行っていきたいと思っております。

　御清聴ありがとうございました。謝謝！

◆ 中文同步口譯示範演練

　大家好！

　我是日本YANMAR公司，敝姓小竹，敬請多多指教。

　對我而言，台灣是非常親近的國家，待會兒並請容許我介紹我們的公司。事實上，我在YANMAR公司直到最近為止，一直都是負責收割打穀機的研究開發工作。台灣的稻米收割季節要比日本來得早，也使得我們有機會在台灣各地進行收割打穀機的性能及耐久測試，我每年5月都要來台灣進行測試工作。

　特別是3月份在台中進行小麥收割測試時，更是受到許多人士的關照。今天能夠在台灣，尤其是在台中有這樣的機會，我除了表示感謝之外，也要對YANMAR公司的機械開發商品，給我們許多協助的台灣各界先進，再度表示感謝之意。

　接下來，我將就產業用途的機械在開發及製造過程中，我們公司是如何進行通用設計的部分來向各位做說明。

我想，今天我將就這個順序來跟各位做報告。

首先，我要簡單的介紹一下YANMAR公司。

其次，就YANMAR公司所生產製造的機械及使用者、使用場所等問題，以及YANMAR公司是如何考量通用設計及如何解決這些問題來向各位做說明。

最後，我將就這一次在設計博覽會上所展出的插秧機，是如何考慮到UD（通用設計）的幾個重點部分，用實際的例子來向各位做介紹。

YANMAR公司成立於1933年，是當時世界上第一家生產小型產業用柴油引擎的公司。現在，柴油引擎更加升級，搭載我們公司的柴油引擎也廣泛的被運用在農村、都會區及海上等產業機械上。舉凡農業機械、建設機械、汽電共生系統、漁船等，皆可看到我們公司的產品。

現在，升級版的小型柴油引擎，在2008年的生產台數高達500萬台。

目前，YANMAR公司的產品，已經賣到世界130個國家以上。在台灣，YANMAR公司的農業機械也很受歡迎。特別是在台中，在即將邁入稻米收割季節的此際，正是收割打穀機大顯身手的時節。這就是YANMAR公司最受歡迎的收割打穀機。各位在今年的收割季節，只要將視線稍微移向郊外的田地一看，或許您會發現YANMAR公司塗著紅白色收割打穀機的身影也說不定。

YANMAR公司雖然在世界各地擁有許多產業，但我們事業的基

軸，就是下面這一個理念。此即，「與顧客持續共同開創令人感動的價值」，這也與我們公司通用設計的理念完全相符。此外，「建構循環型社會，提供相關產品及服務」，正是我們對環境關懷的主軸。簡單而言，UD（通用設計）和環境，就是YANMAR公司的核心價值。YANMAR公司面對環境的變化，就是要加速提昇UD的品質。

除一般人經常提到的「世界性高齡化的加速」或「面對全球化因應客戶多樣性（比如人或語言的不同）」、「生活模式的多樣性及個性化的需求」外，YANMAR公司在事業版圖上也有明顯的變化。其中之一，就是使用者高齡化的問題。這是日本的例子。從事農業、漁業的人口，與整個社會的人口結構相較，可以說高齡化的問題非常嚴重。尤其是農業，從事農業人口的70％，都是55歲以上的人。因此，說是高齡長者在支撐這些產業的發展一點也不為過。如何活用這些人的經驗或知識，並且讓農業、漁業能維持或發展下去，產業機械就必須幫助這些人，讓他們能夠輕鬆、簡單的操作。

其次，我要介紹我們公司的產品，究竟是應用在哪些情形下。YANMAR公司的產品，幾乎不會使用在平坦、穩定的場所。無論在地上或海上、屋頂、工地現場等地，不是地上崎嶇不平，就是使用在很熱或很冷的地方，這對機械本身而言也是一大考驗。當然，對在這些地方工作的人而言，也是一大考驗。因此，我們的產品就必須顧慮到讓這些人在工作時，能稍稍感到輕鬆才行。

最後，就是意外事故的問題了。這也是日本國內的統計資料。誠如我剛才所說的，因為高齡化的問題及作業環境多樣性等因素，

使得使用農業或漁業、建設機械而發生意外事故的案例，絲毫沒有減少的跡象。根據所謂罕利畢法則的推估，農地工作現場每年大約發生一萬次左右的意外事故。YANMAR公司所提供的機械，必須要讓人能夠安心的進行各項作業才行。另外，農業機械並不像汽車那樣經常使用。只有在必要時才短時間使用，而且作業一結束幾乎都閒置在倉庫裡。這期間使用者極可能會忘記如何操作，因此讓他們能夠毫不猶豫又能安心作業，就變成是我們製造商的重大使命。

面對上述使用環境的變化，接下來我將向各位說明YANMAR公司，致力於通用設計的努力及用心。誠如一開始我說明的那樣，YANMAR公司的產品從一開始就融入UD的概念。當然，當時並沒有所謂通用設計這樣的說法。5年前開始，我們將這個概念做有系統的整理，並且開始進行相關的活動。

YANMAR公司為了將通用設計的理念落實到產品裡，開發出這個體系並作為相關考核之用。這個體系的基本理念，就是參考通用設計的七個原則，再加上YANMAR公司獨自設定的基本原則擬定而成的。為了要將這項原則落實到設計業務上，我們依「顏色」、「文字」及「版面設計」等項目，分別制訂相關的評估標準。最後再根據這些標準，再依各種不同的機種，將其呈現在設計指導手冊裡。經由一連串有系統的整理，公司統一標準的內容及根據不同機械特性，讓不同內容的差異性，能更加明確的呈現出來。

這就是YANMAR公司的基本原則。除隆納德梅斯所提倡的七項原則外，再加上本公司產品絕對不可或缺的三項原則所擬定而成的。

但是，這些原則有些很難理解，有些原則的敘述恐怕將來會從通用設計的原則排除出來，我們現正在修改，希望讓它能更加容易理解，更容易讓人記住。基於上述原則，產品是如何設計的？我們會用檢測表來確認。檢測表上的每個項目都需打分數，因此我們可以從實際操作上來判斷是否方便使用，並且可以進行性能穩定與否的評估。另外，我們也可以利用這個檢測表得到許多新的創意。

其次，我要向各位介紹「顏色」標準的相關事例。這是拖垃機的機械操作部分。我們會根據操作桿或開關等不同介面，用顏色來區分它們的功能。例如，橘色是表示行進的功能、黃色是表示PTO的功能、黑色及綠色則是表示其他用途的功能。這是收割打穀機的機械操作部分。因為功能不同，因此它的介面排列方式也與拖拉機不同。但是，移動行進時只要碰觸橘色部分、作業開始時只要碰觸黃色部分、調整機械的位置時，只要碰觸黑色部分即可。因為，它與拖拉機是採取相同的配色方式，所以我們一開始就考慮到使用者方便與否的問題。對種稻的農家而言，一整年都會使用到拖拉機和收割打穀機。插秧機，也是基於相同的設計理念。目前，我們公司所研發的農業機械，全部是依這種配色標準來進行顏色區分。除顏色外，我們公司也在推動制訂文字大小，以及標示、介面排列的設計標準。

接下來，我要以YANMAR公司實際的例子，以及在這次設計博覽會上展出的插秧機，叫做VP80D的機械，到底它在哪些地方特別考慮到使用者方便的問題來向各位做介紹。這並不是只有這一款機械

才特別設計，而是所有機種的機械，我們都用相同的理念在設計。首先，我們要請各位觀賞一段插秧機實際操作的影片。首先，我們會考慮到使用者如何輕鬆、簡單操作機械的問題。傳統的插秧機，為有效利用引擎馬力都採用變速換檔的方式，結果為了方便操作只得犧牲動力傳導效能。YANMAR公司則是使用油電混合動力車也在使用的變速設計，我們成功的開發暨可維持高效能的傳導效率，又能簡便操作的變壓器。只要輕踩離合器就可加速或減速就如同開車般，使用者很簡單的就可以駕輕就熟。這一次的設計博覽會受限於場地的限制，沒有辦法讓各位實際操作體驗實在很抱歉。

其次是確保作業的空間。作業空間的確保，除可輕鬆的上下車外，也可非常有效率的進行秧苗補充作業。首先，各位可透過影片，仔細的觀察上下插秧機及補充秧苗的情形。在上下插秧機時，機械的側面設有輔助桿，可以支撐身體，讓上下車變得更為輕鬆自在。在進行補充秧苗作業，當後面的秧苗用完時，前面的預備秧苗就會自動的掉入要插秧的地方。因此，必須站在這個平台來移動。我們設計較為寬敞的平台，提供一個更容易操作的空間。另外，這個平台的橡膠設計成方形，這是我們在安全上考慮到，這樣穿雨靴或靴子沾滿泥土的人在作業時較不會滑倒之故。

最後，我們也不敢或忘，這些產品都要能符合環保規章。這一張照片是台中近郊的海岸照片。離海岸不遠處就是水田。水田所排出來的水，自然是排到海裡去。肥料中所含的氮素排到海裡，這也是造成優氧化的原因之一。在進行插秧的同時也可施肥，這不但可

減輕作業的程序又可減輕對身體的負荷。另外，在秧苗周邊只有必要的肥料量會灑入泥土中，這跟以前整個水田都施灑肥料的作法相比，可以減少肥料的用量，自然流入水中的肥料也可減少，也較不會造成河川的優氧化，對水質的維護也能有所貢獻。

　　以上，我的報告就到此結束，但正如同我一開始所講的那樣，通用設計的理念本來就是YANMAR公司的理念。我們公司今後，除將通用設計的理念落實到公司所有的產品外，也會持續推動這個理念，讓它能夠更加的蓬勃發展。

　　謝謝各位的聆聽，謝謝大家。

❀ ˚ ˳ ❀ ˳ ˚ ❀ ❀ ˳ ❀ ˳ ˚ ❀

【解析】

　　好的同步口譯應該儘量用淺顯易懂的敘述方法，讓大多數的人都能聽得懂。因此，我們會發現有經驗的口譯員會盡量口語化，甚至有時還會補足講者語意不清的地方，讓聽的人能夠聽得懂。做同步口譯工作，切記要使用耳に優しい言葉，這才是對聽者的思いやり，也才不會虐待聽眾。各位讀者可先根據CD錄音帶或MP3檔案，邊聽日文邊進行中文的同步口譯演練，最後再參考筆者所提供的示範參考稿，相信會有許多新發現，也會對自己語文能力的提昇有所貢獻。同好們，加油！

　　現茲將上述範例中出現較難的語彙整理如下，以供學習者練習參考之用。

❀ ˚ ˳ ❀ ˳ ˚ ❀ ❀ ˳ ❀ ˳ ˚ ❀

1. ヤンマー（YANMAR）　　　公司的名稱，可直接讀其音，勿需硬翻成中文。

2. コンバイン　　　　　　　　收割打穀機、聯合收割打穀機

3. 稲刈りシーズン　　　　　　稲米收割季節

4. ユニバーサルデザイン（UD）　通用設計（UD）

5. 田植え機　　　　　　　　　插秧機

6. ディーゼルエンジン　　　　柴油引擎

7. フィールド　　　　　　　　田野
　　フィールドワーク　　　　田野調査

8. コジェネレーションシステム　汽電共生系統

9. フィッシングボード　　　　漁船

10. ミッション　　　　　　　　使節團、理念、概念

11. グローバル化　　　　　　　全球化

12. ライフスタイル　　　　　　生活方式、生活模式

13. ハインリッヒの法則

　　罕例畢法則（罕例畢（Heinrich's Law）為美保險理賠公司人員，其論文指出
　　1件重大意外事故，背後會有29件輕微意外事故、300件差一點就發生的意外事
　　故）

14. ユーザー　　　　　　　　　客戶、使用者

15. アレンジ　　　　　　　　　安排、揉合、融合

16. レイアウト　　　　　　　　版面設計、排版

17.マニュアル　　　　　　　　指導手冊

18.チェックシート　　　　　　檢測表

19.官能評価
（かんのうひょうか）　　　實際操作評分

20.定性的評価
（ていせいてきひょうか）　　穩定性評分、穩定性評估

21.トラクタ　　　　　　　　　拖拉機

22.レバー　　　　　　　　　　操作桿

23.インターフェイス　　　　　介面

24.ギアシフト　　　　　　　　換檔

25.ハイブリッド　　　　　　　油電混合動力

26.遊星ギア
（ゆうせい）　　　　　　變速器

27.トランスミッション　　　　變壓器

28.ペダル　　　　　　　　　　踏板、離合器

29.苗継ぎ
（なえつぎ）　　　　　　補秧、補充秧苗

30.アシストバー　　　　　　　輔助桿

31.ステップ　　　　　　　　　平台、踏台

32.ブロック形状
（けいじょう）　　　　　方形、塊狀物

33.窒素分
（ちっそぶん）　　　　　氮素

34.富栄養化
（ふえいようか）　　　　優氧化

35.水質保全
（すいしつほぜん）　　　維護水質、保護水資源

　　各位學習者又到驗收成果的時刻了。不曉得經由前面幾講的說明，對各位學習者的同步口譯演練是否有幫助。萬事起頭難，希望各位能夠百尺竿頭更進一步，永不氣餒，繼續加油。

　　下列筆者將提供兩則中到日及日到中的同步口譯習題，比照第四講的練習帳作法，筆者並不提供示範演練的答案，而是將相關的單字或用法彙整歸納，作為學習者參考應用。

❀ ∘ ∘ ❀ ∘ ∘ ❀ ∘ ∘ ❀ ∘ ∘ ❀

【中到日 同步口譯練習帳（三）】

◇ 中文原稿

朝鮮半島安全情勢變化

蔡增家　研究員

政治大學國際關係研究中心

　　從李明博上台之後，南北韓關係便陷入前所未有的緊張關係，北韓接連的軍事示威更讓朝鮮半島的安全情勢陷入相當的不穩定。北韓首先在今年四月初發射長程火箭，接下來在五月二十五日進行第二次核試爆，這幾天又接連在日本海發射七枚短程飛彈，來慶祝美國的國慶。

　　北韓這一連串的軍事示威主要目的有三：首先是對韓國李明博政府上台之後所實施的「通美封北」政策表示不滿；其次是在經過一連串對美國歐巴馬政府的試探之後，發現歐巴馬政府與前布希政

府的對北韓政策並無太大的不同，進而表示抗議；最後則是北韓內部正歷經一場政權的交替，北韓嘗試以軍事示威來形塑金正銀的領導地位。

而最近的例證，便是北韓政府在今年4月9日舉行的第12屆最高人民會議第一次全體會議上，修改《憲法》並大幅加強了最高權力機構－國防委員會的權限，同時與金正銀關係密切的勞動黨作戰部部長吳克列，和勞動黨行政部部長張成澤等核心親信都當選為國防委員，這是為了防止在繼承過程中可能出現的體制動搖而採取的必要措施。

其次北韓最近發起的各種挑釁，也可能是出自於同樣的目的。北韓政府想把第二次核試驗和發射洲際彈道導彈（ICBM）當作金正銀的業績，並嘗試把核武器和ICBM等這些權力資本傳給金正銀，北韓在連生計都難以維持的情況下，還為慶祝成功發射遠程火箭，而在5月1日舉辦大規模煙火活動，最近又陸續舉行了慶祝核試驗成功的大規模群眾集會，這些都是展示金正銀業績的一環，也是北韓黨政軍集團爭相向金正銀表現忠誠的結果。

而北韓這一連串的挑釁行為也在國際間出現許多反制的聲音，首先是聯合國的制裁，根據聯合國安理會針對北韓第二次核試驗的1874號決議，6月30日美國歐巴馬政府便對與大規模殺傷性武器有關的一家北韓企業實施制裁，禁止美國企業及個人與這家公司進行任何貿易活動，同時凍結這家北韓企業在美國的所有資產，另外美國政府還對被懷疑為載有禁運物品的北韓貨船「江南號」進行追

蹤，以加強對北韓施壓的力度。

　　其次在北韓進行第二次核試爆之後，韓國政府於今年5月26日宣布加入PSI（大規模殺傷性武器防擴散安全倡議），PSI會議的主要宗旨是防止北韓等國家造成大規模殺傷性武器（WMD）擴散。目前PSI在全球總計有九十五個會員國家，包含美國與日本，韓國政府在加入PSI之後，將可以對經過其領海的可疑北韓船隻進行管制與搜查。北韓認為韓國決定全面加速PSI會議，是等同於對北韓宣戰的行為，北韓將會以軍事打擊作為必要的回應。

　　當然對於有效制裁北韓，中國的態度無疑是相當關鍵的，因為中國每年向北韓提供石油消費量的90%、糧食的45%、生活必需品的80%，如果中國消極參與國際社會的對北韓制裁行動，那麼無論安理會通過什麼樣的制裁北韓的決議，都將很難奏效。

　　中國政府對北韓的態度，可以從近日中國外交部的發言可以看出，中國外交部發言人秦剛於6月25日在例行記者會上表示：針對北韓第二次核試爆，聯合國安理會所採取的措施，應該以不影響北韓民生和正常經貿活動為原則，同時也不應該踰越安理會第1874號決議案的範圍，安理會1874號決議第19項規定：「呼籲所有會員國和國際金融及信貸機構不再承諾向北韓提供新貸款、金融援助或優惠貸款，但與平民需求直接相關的人道主義和發展用途或為推進無核化所需則不在此限」。因此，中國對北韓制裁的底線是保障北韓民生和正常經貿活動。

　　由此可見，中國在北韓進行第二次核試爆之後，對北韓的政策

四、同步口譯練習帳（三）、（四）

並無太大的改變，中國雖不願意看見在鄰國出現另一個核武國家，但是仍希望利用操作北韓議題持續在朝鮮半島安全議題上發揮影響力，因此，在<u>六方會談功能不彰</u>、美國重心仍放在中東問題上以及中國態度的曖昧下，北韓軍事示威及核武問題，在日後都仍是<u>東北亞安全問題上的最大威脅</u>。

因此，東北亞國家應該要跳脫六方會談的<u>架構</u>，擺脫大國的權力運作思維，<u>成立日本、韓國及中國三邊安全對話機制</u>，直接來解決北韓的核問題，因為解決北韓問題的<u>捷徑</u>不在華盛頓，而是在北京。

※ ｡｡※｡。° ※ ※ 。｡※｡｡。° ※

【解析】

　　現茲將上述練習題中出現的關鍵字及用法，以中日對照的方式整理歸納如下，作為學習者演練時的參考。

※ ｡｡※｡。° ※ ※ 。｡※｡｡。° ※

1. 李明博上台之後　　　　李明博政権が発足したあと

2. 南北韓關係　　　　　　南北朝鮮の関係

3. 接連的軍事示威　　　　一連の軍事的示威行動

4. 長程火箭　　　　　　　長距離ミサイル

5. 核試驗　　　　　　　　核実験

213

6. 短程飛彈　　　　　　　　　　短距離ミサイル

7. 美國的國慶　　　　　　　　　アメリカの独立記念日

8. 「通美封北」　　　　　　　　対米接近、北封じ込め政策

9. 歐巴馬政府　　　　　　　　　オバマ政権

10. 政權的交替　　　　　　　　　後継体制の移行

　　　原本「政權的交替」可翻成「政権交代」；不過此處翻成「後継体制の移行」

　　　較貼切

11. 形塑金正銀的領導地位　　　金正銀氏の指導者としての地位をイメージづける

12. 核心親信　　　　　　　　　　側近中の側近

13. 體制動搖　　　　　　　　　　体制を揺さぶりにかける

14. 挑釁　　　　　　　　　　　　挑発、挑発行為

15. 洲際彈道飛彈（ICBM）　　大陸間弾道弾ミサイル（ICBM）

16. 煙火活動　　　　　　　　　　花火大会

17. 大規模群衆集會　　　　　　　大掛かりな群衆集会

18. 反制的聲音　　　　　　　　　反発の声

19. 大規模殺傷武器　　　　　　　大量破壊兵器

20. 禁運物品　　　　　　　　　　禁輸物質

21. 追蹤　　　　　　　　　　　　追跡

四、同步口譯練習帳　（三）、（四）＊

22.PSI（大規模殺傷武器防擴散安全倡議）

大量破壊兵器拡散防止構想（PSI）

23.管制與搜查

規制と捜査

24.例行記者會

恒例記者会見

25.信貸機構

クレジット金融機関

26.優惠貸款

低金利融資

27.無核化

核廃棄

28.六方會談功能不彰

六カ国協議の成果が上がらない

29.東北亞安全問題上的最大威脅

北東アジア安全保障における最大の脅威

30.架構

枠組み

31.成立日本、韓國及中國的三邊安全對話機制

日、中、韓、三カ国の安全保障対話メカニズムを構築する

32.捷徑

近道

❄ ˳ ｡ˌ ❄ ｡ ˚ ❀ ｡ ˚ ｡ ˳ ❄ ｡ ｡ ˳ ❄

【日到中　同步口譯練習帳（四）】

◈ 日文原稿

（MP3 05-31）

　　院長閣下、今日、このような歴史と伝統のある本院におきまし
て意見を述べさせていただきますことを、大変光栄に存じ、心よ

り感謝申し上げる次第であります。

　昨年10月、副院長閣下をはじめ貴監察院の方々がわが国を訪問され、親しくお話し合いをさせていただいたところでありますが、再度、このような機会に恵まれましたことを、大変嬉しく思っております。

　また、趙栄耀（ちょうえいよう）先生には、ご来日の際、日本大学においてご講演をいただきましたが、この際、多くの研究者、行政相談委員、学生などが深い感銘を受けましたことをお伝えさせていただきます。

　私は、本日、日本の行政相談委員の代表として、日本における行政相談委員活動の経験を踏まえ、日本の行政救済、行政苦情処理問題について、お話をさせていただきたいと思います。

　最初に、日本の行政相談制度の仕組み及びその中における行政相談委員の役割について触れさせていただきます。

(MP3 05-32)

　日本では、他の国に見られるオンブズマンの機能は、行政府の一つである総務省が所管する行政相談制度と行政相談委員によって担われております。総務省行政評価局は、自ら特定の行政分野を所掌せず、各府省から超越した立場にある行政相談制度を運営しており、中でも、最も重要でかつ特色と申せますことは、日本の行政相談制度におきましては、民間人の中にあって、民間人の視野で行政を見ることのできる約5,000人の行政相談員が、国民

の最も身近な相談窓口及び処理機関として置かれていることであ
ります。

　さらに、行政相談委員は、オンブズマン的「機能」を有する行
政相談制度の仕組みの中で、最もオンブズマン的「性格」を有す
る部分であると考えられます。即ち、行政から独立し、自らの団
体を有し、自律性を確保しているのです。

（MP3 05-33）

　発足してすでに、53年の歴史を有する行政相談制度は、日本
の政治的、社会的、文化的風土の中で独自に発達したものであり
ます。この制度は、同じく総務省行政評価局が行っております。
「政策評価」及び「行政評価、監視」とともに、行政の民主的、
公正な運営の確保のための不可欠な手段として認識されておりま
す。

　この行政相談が受け付ける年間約20万件にも及ぶ苦情、照会な
どのうち、約7割に相当する約14万件の相談は、全国各地の行政
相談委員が受付・処理し、残りの3割は全国の都道府県庁所在地
に設置されております総務省の出先機関で処理されます。このこ
とは、とりもなおさず、行政相談委員が、行政相談制度の中で主
要な役割を果たしているということであります。

（MP3 05-34）

　行政相談委員は、行政相談委員法に基づき、地域で信望があり
行政の改善に理解と熱意を有する民間の有識者から選ばれ、総務

大臣から委嘱されます。委員は、現地調査などに要する実費について弁償金を受けるほかは国からの報酬を受けておりません。このことは、委員が気兼ねすることなく行政にもの申すことができるということであり、委員の「独立性」を保持する上で大変意義のあることであると考えております。

　行政相談委員は、全国の市町村に最低１人が配置され、自宅のほか、定期的或いは巡回して開設する行政相談所等を通じて地域住民からの苦情を受け付け、総務省に通知し、又は行政機関と接続して、事案の処理と申し出人への回答を行っており、国民の身近にあって行政と国民の間の架け橋として、活躍しております。

(MP3 05-35)

　また、委員は、法律により、総務大臣に対し、業務の遂行を通じて得られた行政運営の改善に関する意見を述べることができます。日常的に行政に対する国民の苦情や意見・要望に接している委員には、国民の声を吸収し、代弁して、行政の改善を実現することが期待されております。

　次に、日本の行政相談制度の特色についてお話ししたいと思います。日本の行政相談では、国民は、総務省の出先機関や行政相談委員への訪問はもとより、文書、電話などによる苦情の申出書も可能です。裁判や行政不服申し立てのように、定められた形式の申立書も必要としませんし、手数料も不要です。争いごとを対審的な方法で解決するのではなく、いわば、話し合いにより調和

的解決するための制度です。

　このように、日本の場合、全国各都道府県に設置されている総務省の出先機関と相互連携と補完の関係にある全国約5,000人の行政相談委員によって形成される全国的なネットワークがあり、国民に多くの窓口の選択肢があり、どこにでも気軽に申し出られるようになっております。そして、これは、オンブズマン的機能を有するシステムとして、他の国にも一つの可能性を示す特色であると考えます。

（MP3 05-36）

　次に、苦情救済機関への国民の信頼の確保について申し上げます。苦情救済機関への国民の信頼を確保するためには、独立性と公平性の確保が必要であると考えます。さらに、信頼性を増進するための一つの方法は、苦情救済機関に行政の調査と改善機能が与えられていることが重要です。

　総務省の行政相談では、類似の苦情が相次いで寄せられ、あるいは特定の役所に苦情が集中するなどの場合には、行政評価、監視機能を発動して、行政の過誤の発生原因を調査し、各省大臣に対して改善勧告を行います。また、行政苦情救済推進会議を開催し、苦情の解決のために法令改正や予算措置を必要とするものについて、国民各界の有識者の自由な発想度、社会的良心に基づく意見を聴取し、これを踏まえて斡旋することにより、単なる個別の苦情の解決に留まらない、制度的改善を図っております。

以上、私は、我が国の行政相談制度について、その仕組みと行政相談委員の果たしている役割、我が国の行政相談制度の特色と国民の信頼の確保について、その要点を述べさせていただきました。

（MP3 05-37）

　最後に一言付言させていただきたいと思います。

　現代国家におけるオンブズマン制度は、第二次世界大戦以降、燎原の火のごとく西欧社会に取り入れられてきました。

　一つは、代議制民主主義に対する補完的役割と変動著しい社会の変化への対応として、現在行政の大原則である法治主義行政の再検討に対する反省の上に生まれてきましたが、未だ、理想の制度として完成したとは申せません。

　そうした中で、秦漢の時代から２千年あまりの歴史の中で培われ、幾多の試練を経て大国家として新生した五権憲法の中で位置づけられている貴国の監察院の制度は、世界のオンブズマン制度の発展の上で、大きな指針であることを確認させていただきました。

✽ ｡.｡✤.｡○ ✽ ｡° ○.✤ ｡.○ ✽

【解析】

　上述日到中同步口譯練習題，乍看之下似乎沒有太多單字及難於翻譯的用法，不曉得學習者在演練時翻的如何？是否游刃有餘，還是處處打結

呢？

　　現茲將上述範例中出現較難的部分挑選出來，以日中對照的方式呈現，提供學習者自我練習時的參考。

❄　｡｡❄｡｡｡❄｡❄｡｡❄｡｡｡❄

1. 行政相談委員　　　　　　　　　行政諮商委員

2. 行政苦情処理　　　　　　　　　行政訴願處理

3. 仕組み　　　　　　　　　　　　組織、結構、架構

4. オンブズマンの機能　　　　　　行政監察員的功能

5. 総務省の出先機関　　　　　　　總務省的派駐機關

6. 信望があり　　　　　　　　　　有威望

7. 有識者　　　　　　　　　　　　賢達人士

8. 委嘱　　　　　　　　　　　　　委託

9. 気兼ねすることなく　　　　　　無所顧忌、不用顧忌

10. 申出人　　　　　　　　　　　　訴願人

11. 架け橋　　　　　　　　　　　　溝通的橋樑

12. 苦情の申出書　　　　　　　　　訴願申請書

13. 対審的な方法　　　　　　　　　對審的方法

14. 相互連携と補完の関係　　　　　相互合作及互補的關係

15. ネットワーク　　　　　　　　　網絡

附　錄

科技產業相關用語

◎ 科技產業相關用語 ◎

【 中文 】	【 日文 】
◎ 寬頻	ブロードバンド
◎ 臉書	フェイスブック
◎ 推特	ツイッター
◎ 噗浪	Plurk
◎ 部落格	ブログ
◎ 部落客	ブロガー
◎ 電子書	電子ブック（Eブック）
◎ 電子書閱讀器	電子ブックリーダー
◎ 電子紙	電子ペーパー（Eペーパー）
◎ 微網誌	マイクロ・ブロギング（ミニブログサービス）
◎ 光電	電子デバイス
◎ 光罩	フォトマスク
◎ 介面	インターフェイス
◎ 畫素	画素（ドット）
◎ 亮度	輝度
◎ 高解析	高輝度
◎ 解析度	解像度

◎ 高對比	高コントラスト
◎ 超廣角	超広視野角
◎ 導光板	導光板
◎ 擴散板	拡散板（拡散シート）
◎ 掃瞄線	ゲート線（走査線）
◎ 偏光片	偏光フィルター
◎ 偏光板	偏光板
◎ 掃描器	スキャナー
◎ 真空管	真空管
◎ 映像管	ブラウン管
◎ 鹵素燈	ハロゲンランプ
◎ 鹵化物	ハロゲン化学物質
◎ 感光鏡	ポリゴンミラー
◎ 感光元件	感光素子
◎ 光纖通訊	光ファイバー通信
◎ 觸控重點	ユーザータッチポイント
◎ 觸控介面	ユーザーインターフェイス（UI）
◎ 液晶電視	液晶テレビ
◎ 電漿電視	プラズマテレビ

◎ 網路電視	ＩＰＴＶ（アイピーティービー）
◎ 隨選視訊	ＶＯＤ
◎ 高畫質電視	ハイビジョンテレビ
◎ 液晶顯示器	液晶ディスプレー
◎ 液晶監視器	液晶モニター
◎ 平面顯示器	フラットパネル
◎ 監視器面板	モニターパネル
◎ 電漿顯示器	プラズマパネル
◎ 薄膜液晶顯示器	薄膜液晶パネル（TFTLCD）
◎ 液晶面板	液晶パネル
◎ 玻璃基板	ガラス基板
◎ 導電玻璃	導電基板
◎ 彩色濾光片	カラーフィルター
◎ 光碟機	CD-ROM（ディスクドライバ）
◎ 可錄光碟	CD-R
◎ 光碟燒錄器	CD-RW（ドライブ）
◎ 雷射唱機	レーザーディスクプレヤー
◎ 藍光光碟	ブルーレイディスク
◎ 電子黑板	コピーボード（電子黑板）

◎ 影音光碟機	DVD
◎ 電荷耦合元件	電荷結合素子
◎ 雲端運算	クラウドコンピューティング
◎ 雲端服務	クラウドサービス（クラウドプロバイダー）
◎ 大容量通訊網	大容量通信網
◎ 資訊高速公路	情報通信ハイウェー
◎ 應用平台	アプリケーションプラットホーム
◎ 用戶帳號	ユーザーアカウント
◎ 實體商店	実店舗
◎ 商務應用	ビジネスアプリケーション
◎ 附加服務	付加サービス
◎ 公開資源	オープンソース
◎ 電子行銷	電子マーケティング
◎ 連線行銷	オンラインマーケティング
◎ 連線交易	オンライントランザクション
◎ 網路商務	インターネットビジネス
◎ 供應鍊管理	サプライチェーンマネジメント
◎ 電子商務市場	電子商取引市場
◎ 行動內容商業	モバイルコンテンツビジネス

◎ 電子商務平台	ＥＣプラットホーム
◎ 電子資金移動	電子資金移動（ＥＦＴ）
◎ 網路服務業者	インターネットサービスプロバイダ
◎ 智慧節能網路	iENスマートグリッド
◎ 數位管理系統	コンテンツマネージメントシステム（ＣＭＳ）
◎ 公開資源社群	オープンソースコミュニティー
◎ 電子資料交換	電子データ交換
◎ 電子商務購物網站	ＥＣサイト
◎ 網路商店及實體商店	クリックアンドモルタル
◎ 發光二極體	ダイオード（LED）
◎ LED燈泡	LED電球
◎ 驅動電路	駆動回路
◎ 轉換電路	インバータ回路
◎ 雷射印表機	レーザープリンタ
◎ 壓製（光碟片）	マスタリング
◎ 夜視系統	ナイトビジョン・システム
◎ 光學儀器	光学機器
◎ 光隔離器（遮斷器）	遮斷機
◎ 光學讀取頭	光学式ピックアップヘッド

◎ 光觸媒　　　　　　　　　光触媒（ひかりしょくばい）

◎ 讀取頭　　　　　　　　　ピックアップヘッド

◎ 光學引擎　　　　　　　　光学式（こうがくしき）マウス

◎ 背光模組　　　　　　　　バックライトモジュール

◎ 應用技術　　　　　　　　アプリケーションテクノロジー

◎ 被動元件　　　　　　　　パッシブコンポーネント

◎ 驅動程式　　　　　　　　駆動（くどう）プログラム

◎ 驅動晶片　　　　　　　　駆動（くどう）チップス（駆動（くどう）ＩＣ）

◎ 數位廣播　　　　　　　　デジタルラジオ

◎ 數位相框　　　　　　　　デジタルフォトフレーム

◎ 數位看板　　　　　　　　デジタルサイネージ

◎ 數位內容　　　　　　　　デジタルコンテンツ

◎ 數位差距　　　　　　　　デジタルディバイス

◎ 數位商品　　　　　　　　デジタルプロダクツ

◎ 數位相機　　　　　　　　デジタルカメラ

◎ 數位典藏　　　　　　　　デジタルアーカイブ

◎ 通用設計　　　　　　　　ユニバーサルデザイン

◎ 消費性電子產品　　　　　コンシューマエレクトロニクス

◎ 印刷基板加工組裝工廠　　プリント基板（きばん）加工（かこう）装置（ちそうち）工場（こうじょう）

✽ ･ ･✿･ ･ ✤ ･ ✽ ･ ✤ ･ ･✿･ ･ ･ ✽

◎ 甲醛　　　　　　　ホルムアルデヒド

◎ 甲醇　　　　　　　メタノール

◎ 甲苯　　　　　　　トルエン

◎ 乙醛　　　　　　　アセトアルデヒド

◎ 乙醇　　　　　　　エタノール

◎ 乙稀　　　　　　　エチレン

◎ 記憶體　　　　　　ストレージ

◎ 伺服器　　　　　　サーバー

◎ 路由器　　　　　　ルータ

◎ 低逸散　　　　　　ローエミッション

◎ 再利用　　　　　　リユース

◎ 再循環　　　　　　リサイクル

◎ 透水性　　　　　　<ruby>排水性<rt>はいすいせい</rt></ruby>

◎ 隔音板　　　　　　<ruby>防音<rt>ぼうおん</rt></ruby>マット

◎ 隔音工程　　　　　<ruby>防音工事<rt>ぼうおんこうじ</rt></ruby>

◎ 廢棄物減量　　　　リデュース

◎ 病態住宅　　　　　シックハウス

◎ 樂活住宅　　　　　ヘルシーハウス

◎ 零逸散住宅	ゼロエミッションハウス
◎ 室内塵蟎或灰塵 　所引起之過敏	ハウスダストアレルギー
◎ 虛擬移動	バーチャルモビリティー
◎ 奈米科技	ナノテクノロジー
◎ 奈米製程	ナノメーター
◎ 奈米炭管	カーボンナノチューブ
◎ 奈米材料	ナノテク新素材
◎ 奈米機器	ナノマシン
◎ 奈米炭管元件	ナノチューブ素子
◎ 透明導電膜	透明導電膜
◎ 太陽能電池	太陽電池（ソーラーセル）
◎ 單晶太陽能電池	単結晶シリコン型太陽電池
◎ 多晶太陽能電池	多結晶シリコン型太陽電池
◎ 薄膜太陽能電池	薄膜シリコン型太陽電池
◎ 太陽能發電系統	ソーラーバッテリモジュール
◎ 太陽能電價	ソーラーパワープライス
◎ 傳統電價	コンベンショナルパワープライス
◎ 轉換效能	変換効率

◎ 能源轉換效能 　　　　　エネルギー変換効率

◎ 太陽光電廠 　　　　　　太陽電池メーカー

◎ 太陽能晶片 　　　　　　ソーラーセル

◎ 太陽能電池陣列 　　　　太陽電池アレイ

◎ 太陽能電池模組 　　　　太陽電池モジュール

◎ 太陽能空調 　　　　　　ソーラーエアコン

◎ 太陽能熱水器 　　　　　太陽熱温水器

◎ 透明帷幕 　　　　　　　シースルーカーテン

◎ FIT市場 　　　　　　　電力買い上げ制度

◎ 零排放電源 　　　　　　ゼロミッション電源

◎ 可塑性型 　　　　　　　フレキシブルタイプ

◎ 砷化鎵 　　　　　　　　GaAs（ガリウムヒ素）

◎ 色素増感型 　　　　　　色素増感型

　（有機太陽能電池的一種）

◎ 電源調節器 　　　　　　パワーコンディショナー

◎ 逆轉變流器 　　　　　　インバーター

◎ 渦輪 　　　　　　　　　タービン

◎ 風力渦輪 　　　　　　　風力タービン

◎ 多接合型集光晶片 　　　多接合型太陽電池

◎ 石化燃料	化石燃料
◎ 二氧化鈦	二酸化チタン
◎ 充電控制器	チャージコントローラ
◎ 度數（電力）	ワット数
◎ 光起電力作用	光起電力効果
◎ 電力差距	エネルギーギャップ
◎ 太陽光譜	太陽光（の）スペクトル
◎ 光優建築一體化	建物一体型太陽光発電
◎ 綠建材	グリーン建材
◎ 綠能建築	グリーンビルディング（グリーン建築)
◎ 綠能產業	グリーンエネルギー産業
◎ 節能省碳	省エネ、低炭素社会
◎ 節電中	スリープモード
◎ 待機電力	待機電力
◎ 新能源	新エネ
◎ 氫能源	水素エネルギー
◎ 創新能源	創エネ
◎ 再生能源	再生可能エネルギー
◎ 乾淨能源	クリーンエネルギー

◎ 替代能源　　　　　　　代替エネルギー
　　　　　　　　　　　　（だいたい）

◎ 生質能源　　　　　　　バイオマスエネルギー

◎ 生質發電　　　　　　　バイオマス発電
　　　　　　　　　　　　　　　　　（はつでん）

◎ 地熱發電　　　　　　　地熱発電
　　　　　　　　　　　　（ち ねつはつでん）

◎ 風力發電　　　　　　　風力発電
　　　　　　　　　　　　（ふうりょくはつでん）

◎ 核能發電　　　　　　　原子力発電
　　　　　　　　　　　　（げん し りょくはつでん）

◎ 沼氣發電　　　　　　　メタン発電
　　　　　　　　　　　　　　　　（はつでん）

◎ 水力發電　　　　　　　水力発電
　　　　　　　　　　　　（すいりょくはつでん）

◎ 火力發電　　　　　　　火力発電
　　　　　　　　　　　　（か りょくはつでん）

◎ 潮汐發電　　　　　　　潮汐発電
　　　　　　　　　　　　（ちょうせきはつでん）

◎ 天然氣發電　　　　　　天然ガス発電
　　　　　　　　　　　　（てんねん）　（はつでん）

◎ 溫差發電　　　　　　　温度差エネルギー発電
　　　　　　　　　　　　（おん ど さ）　　　　　（はつでん）

◎ 冰熱發電　　　　　　　雪氷熱発電
　　　　　　　　　　　　（せっぴょうねつはつでん）

◎ 燃料電池　　　　　　　燃料電池
　　　　　　　　　　　　（ねんりょうでん ち）

◎ 汽電共生系統　　　　　コジェネレーションシステム

◎ 小功能水力發電　　　　小水力発電
　　　　　　　　　　　　（しょうすいりょくはつでん）

1.　口譯的理論與實踐／周兆祥、陳育沾著、台灣商務印書館發行

2.　口譯技巧／劉和平著、中國對外翻譯出版公司

3.　跨文化交際翻譯／金惠康著、中國對外翻譯出版公司

4.　常見中日時事對照用語／蘇定東著、鴻儒堂出版社

5.　中日逐步口譯教室／蘇定東著、鴻儒堂出版社

6.　應用日語寫作格言／蘇定東著、擎松出版社

7.　2009年航空城國際研討會大會手冊

8.　日治法院檔案與跨界的法律史國際研討會研究大會手冊

9.　「日本論壇會議」政權輪替後台灣與日本的新東亞觀／台日年輕學者的
　　對話國際學術研討會大會手冊

10.　第十一屆「亞太發展論壇」兩岸關係新情勢與台日關係會議手冊

11.　東北亞安全情勢與兩岸關係座談會／政大國關中心亞太所所長蔡增家
　　教授引言

12.　馬英九政権の台湾と東アジア／浅野和生等著、早稲田出版

13.　2007年台日學術交流國際會議論文集

14.　台日通用設計研討交流會資料

15.　現代用語基礎知識／自由國民社

16.　實用日語／同聲傳譯教程／大連理工大學出版社

蘇 定 東

學歷：日本國立筑波大學地域研究科日本研究專攻碩士

中國文化大學日本研究所肄業

中國文化大學日文系畢業

現職：外交部秘書處翻譯組副組長

（總統、副總統、行政院長等政要之日文翻譯官）

中國文化大學推廣部中日口筆譯課程講師

外交部外交人員講習訓練所日語口譯課程講師

曾任：中國文化大學日文系兼任講師

中央廣播電台日語節目編導

國立空中大學日文課程講師

故宮博物院日語解說員

著作：常見中日時事對照用語

應用日語寫作格言

全民日檢滿分攻略（一至四級）共四冊

中日逐步口譯入門教室

作者簡介

譯作：遠藤周作小說精選集

　　　二十一世紀的外食產業

　　　宗教法人之法律與會計

　　　日本市町村之合併

　　　日本政黨政治資金規正法

　　　新地方自治制度之設計

　　　地方自治之架構與功能等

口譯經驗：2000年、2004、2008年總統就職演說翻譯暨同步口譯、

　　　　台日經貿會議、台日漁業談判、台日環境會議、

　　　　台日航空協定談判、台日電波干擾迴避協商會議、

　　　　總統與日方視訊會議、政要接見傳譯、各式典禮、

　　　　宴會司儀兼傳譯、國防、外交、安全保障、

　　　　政治類別相關同步口譯、醫學、經貿、環保科技、

　　　　文化等相關同步口譯

國家圖書館出版品預行編目資料

中日同步口譯入門教室 / 蘇定東編著. — 初版
. — 臺北市 ： 鴻儒堂，民99.05
　　面 ；　　公分　—（日語學習必備叢書）
參考書目:面
ISBN 978-986-6230-01-1(平裝附光碟片)

1. 日語 2. 口譯

803.1　　　　　　　　　　　99004922

中日同步口譯入門教室

附MP3 CD一片，定價：400元
ISBN：978-986-6230-01-1

2010年（民99年）五月初版一刷
本出版社經行政院新聞局核准登記
登記證字號：局版臺業字1292號

著　　者：蘇　定　東
發　行　所：鴻儒堂出版社
發　行　人：黃　成　業
地　　址：台北市中正區10047開封街一段19號2樓
電　　話：02-2311-3810 / 02-2311-3823
傳　　真：02-2361-2334
郵 政 劃 撥：01553001
E－m a i l：hjt903@ms25.hinet.net

鴻儒堂出版社設有網頁，歡迎多加利用
網址：http://www.hjtbook.com.tw